JOYEUX NOËL, MERRY CHRISTMAS

Paru dans Le Livre de Poche :

LA NUIT DU RENARD

LA CLINIQUE DU DOCTEUR H.

UN CRI DANS LA NUIT

LA MAISON DU GUET

LE DÉMON DU PASSÉ

NE PLEURE PAS MA BELLE

DORS MA JOLIE

LE FANTÔME DE LADY MARGARET

RECHERCHE JEUNE FEMME AIMANT DANSER

NOUS N'IRONS PLUS AU BOIS

UN JOUR TU VERRAS

SOUVIENS-TOI

DOUCE NUIT

CE QUE VIVENT LES ROSES

LA MAISON DU CLAIR DE LUNE

MARY HIGGINS CLARK

Joyeux Noël, merry Christmas

TRADUIT DE L'ANGLAIS PAR ANNE DAMOUR

ALBIN MICHEL

Titre original :

MY GAL SUNDAY
(Publié avec l'accord de Simon & Schuster, New York.)

UN CRIME PASSIONNEL

« Méfiez-vous de l'eau qui dort », déclara d'un air sombre Henry Parker Britland IV en étudiant la photo de son ancien secrétaire d'État. Il venait d'apprendre que son ami et allié politique avait été inculpé du meurtre de sa maîtresse, Arabella Young.

« Tu crois donc ce pauvre Tommy coupable ? » soupira Sandra O'Brien Britland, tout en tartinant délicatement une couche de confiture maison sur son petit pain encore chaud.

Le jour pointait et ils étaient confortablement installés au lit dans leur maison de campagne de Drumdoe, à Bernardsville, dans le New Jersey. Deux plateaux de petit déjeuner, identiques jusqu'à la rose piquée dans un soliflore d'argent, étaient disposés devant eux. Les journaux du matin, le *Washington Post*, le *Wall Street Journal*, le *New York Times*, le *London Times*, l'*Observer*, dont la lecture était plus ou moins avancée, s'éparpillaient autour d'eux, certains étalés sur la légère courtepointe délicatement fleurie, d'autres ayant glissé au sol.

« Franchement, non, dit Henry après un

moment, secouant lentement la tête. Cela me paraît incroyable. Tom a toujours fait preuve d'un sang-froid exceptionnel, raison pour laquelle il fut un remarquable secrétaire d'État. Mais depuis la mort de Constance, pendant mon deuxième mandat, il n'était plus le même. Et quand il a rencontré Arabella, ce fut visiblement le coup de foudre. Et tout aussi visiblement, il a rapidement perdu une grande partie de sa maîtrise de soi. Je n'oublierai jamais le jour où il l'a malencontreusement appelée Poopie devant Mme Thatcher.

— J'aurais aimé te connaître à l'époque où tu étais président, dit Sandra avec regret. Je n'ai pas toujours été d'accord avec toi, pourtant j'ai toujours pensé que tu étais un excellent président. Mais je t'aurais paru sans intérêt, il y a neuf ans, lorsque tu as été élu pour la première fois. Quel attrait aurait présenté une jeune étudiante aux yeux du tout nouveau président des États-Unis ? Tu m'aurais trouvée séduisante, je l'espère, mais je sais que tu ne m'aurais pas prise au sérieux. Au moins étais-je membre du Congrès et un peu plus digne de respect le jour où tu m'as rencontrée. »

Henry se tourna et considéra avec tendresse sa jeune épouse. Ils s'étaient mariés huit mois plus tôt. Ses cheveux ébouriffés étaient couleur de blé, ses yeux d'un bleu profond reflétaient tout à la fois l'intelligence, la générosité et l'humour. Et parfois un émerveillement enfantin. Lors de leur première rencontre, Henry lui avait demandé si elle croyait toujours au Père Noël.

C'était la veille de l'intronisation de son successeur. Il avait organisé une réception à la Maison-Blanche pour tous les membres du Congrès nouvellement élus.

« Je crois en ce que le Père Noël représente, monsieur, avait-elle répliqué. Pas vous ? »

Puis, alors que les invités prenaient congé, il l'avait invitée à rester dîner tranquillement avec lui.

« Je regrette vraiment, j'ai rendez-vous avec mes parents. Je ne voudrais pas les décevoir. »

Henry s'était retrouvé seul pour son dernier repas à la Maison-Blanche, songeant à toutes les femmes qui au cours de ces huit dernières années avaient immédiatement changé leurs plans pour lui plaire, et il avait su qu'il venait de trouver la femme de ses rêves. Ils s'étaient mariés six semaines plus tard.

Au début, le brouhaha médiatique menaça de ne jamais prendre fin. Le mariage du célibataire quadragénaire le plus convoité du pays — l'ex-président, âgé de quarante-quatre ans — avec une jeune et jolie représentante du Congrès de dix-sept ans sa cadette déclencha la frénésie des journalistes. Aucune union n'avait si intensément captivé l'imagination collective.

Le fait que le père de Sandra fût un conducteur de locomotives du New Jersey Central Railroad, qu'elle-même eût travaillé pour payer ses études à l'université de droit de Fordham, passé sept ans comme avocate commis d'office puis, par un stupéfiant renversement de situation, arraché le siège de Jersey City au

Congrès, lui avait valu le soutien enthousiaste de toute la communauté féminine et l'attention bienveillante des médias.

Henry, pour sa part, avait été l'un des deux présidents des États-Unis les plus populaires du vingtième siècle. Il possédait en outre une importante fortune personnelle et apparaissait régulièrement en bonne place sur la liste des hommes les plus séduisants d'Amérique, constituant le sujet favori des chroniques mondaines et la cible de la jalousie masculine.

Le jour de leur mariage, un journal avait titré : « Lord Henry Brinthrop épouse notre adorable Sunday. » Une référence à un vieux feuilleton radio qui cinq jours par semaine, année après année, avait posé la même question : « Une jeune fille originaire d'une petite ville minière de l'Ouest peut-elle trouver le bonheur en devenant la femme du plus riche et du plus séduisant lord d'Angleterre, lord Henry Brinthrop ? »

Pour tout le monde, y compris pour son cher mari, Sandra était immédiatement devenue Sunday. Elle avait d'abord détesté ce surnom, puis s'y était résignée en entendant Henry lui expliquer qu'il avait un double sens pour lui, qu'elle était pour lui « a Sunday kind of love », réminiscence d'un de ses airs de prédilection. « D'autre part, avait-il ajouté, il te va bien. Tout comme Tip O'Neil[1] avait un sur-

---

1. Homme politique américain très populaire. *(N.d.T.)*

nom qui lui convenait parfaitement, Sunday a été inventé pour toi. »

Contemplant tendrement son mari, Sunday pensa aux mois qu'ils avaient passés ensemble, à leurs journées libres de tout souci, jusqu'à aujourd'hui. Maintenant, voyant l'inquiétude profonde qui assombrissait les yeux d'Henry, elle posa sa main sur la sienne. « Tu t'inquiètes à propos de Tommy, je le sens. Que pouvons-nous faire pour l'aider ?

— Pas grand-chose, j'en ai peur. Je vais naturellement vérifier s'il a engagé un bon avocat mais, quel que soit son choix, il est dans de sales draps. Réfléchis. Il s'agit d'un meurtre particulièrement odieux et si tu considères les circonstances, la culpabilité de Tom paraît évidente. On a tiré sur la femme à trois reprises, avec l'arme de Tommy, dans la bibliothèque de Tommy, juste après qu'il eut raconté à qui voulait l'entendre qu'elle venait de rompre avec lui et qu'il était désespéré. »

Sunday prit l'un des journaux et examina la photo d'un Thomas Shipman radieux, le bras passé autour de la superbe jeune femme qui l'avait aidé à sécher ses larmes après la mort de son épouse. « Quel âge a Tommy ? demanda Sunday.

— Soixante-cinq ou six ans. »

Tous deux contemplèrent pensivement la photo. Mince et distingué, Tommy avait le visage d'un intellectuel, avec ses cheveux grisonnants déjà clairsemés. À côté, les boucles folles d'Arabella Young encadraient un ravissant visage à l'air hardi, et son corps possédait les courbes sensuelles qu'on voit sur les couvertures de *Playboy*.

« Le printemps marié à l'hiver, fit Sunday.

— On en dit sans doute autant de nous, répliqua légèrement Henry, avec un sourire forcé.

— Oh, Henry, ne sois pas stupide ! Et n'essaye pas de prétendre que tu n'es pas bouleversé. Nous sommes peut-être de jeunes mariés, mais je te connais déjà trop bien pour me laisser tromper.

— Tu as raison, je suis inquiet, dit Henry doucement. Lorsque je pense à toutes ces années, je ne peux m'imaginer dans le bureau Ovale sans la présence de Tommy à mes côtés. Je n'avais pour expérience qu'une législature au Sénat avant de devenir président, et de bien des façons j'étais un novice. Grâce à lui j'ai pu passer le cap des premiers mois sans me casser la figure. Le jour où je m'apprêtais à dire leur fait aux Russes, Tommy, de sa manière calme et réfléchie, m'a démontré qu'une telle confrontation serait une erreur, tout en donnant publiquement l'impression qu'il se faisait simplement l'écho de ma propre décision. Tommy est un véritable homme d'État, mais avant tout c'est un parfait gentleman. Honnête, intelligent et fidèle.

— C'est aussi un homme qui n'a pas pu ignorer les railleries suscitées par sa liaison avec Arabella et la passion qu'il lui manifestait. Et le jour où elle a finalement décidé de le quitter, il a perdu les pédales. C'est à peu près ainsi que tu vois les choses, n'est-ce pas ? »

Henry soupira. « Peut-être. Un accès de folie passagère ? C'est possible. » Il ramassa son plateau de petit déjeuner et le déposa sur la table de chevet. « En tout cas, il a toujours été présent lorsque j'avais besoin de lui, et je veux être auprès de lui dans cette épreuve. Il a été mis en liberté sous caution. Je vais aller le voir. »

Sunday repoussa vivement son plateau sur le côté, rattrapant de justesse sa tasse de café à moitié pleine avant qu'elle ne se renverse sur la courtepointe. « Je t'accompagne. Dix minutes dans le jacuzzi, et je suis prête. »

Henry admira les longues jambes de sa femme au moment où elle se glissait hors du lit. « Le jacuzzi ? Excellente idée ! Je t'y accompagne. »

Thomas Acker Shipman s'était efforcé d'ignorer l'armada de journalistes postés à l'entrée de sa résidence. En descendant de la voiture avec son avocat, il avait regardé droit devant lui et s'était frayé un passage jusqu'à la porte de la maison, refusant désespérément d'entendre les questions qui déferlaient vers lui. Une fois à l'intérieur, toutefois, les événements de la journée avaient fini par le rattraper et il semblait sur le point de s'écrouler. « Un scotch sera le bienvenu », dit-il calmement.

Leonard Hart, son avocat, le regarda avec

sympathie. « Vous le méritez bien, dit-il. Mais d'abord, laissez-moi vous rappeler que nous pouvons plaider coupable, si tel est votre désir. Néanmoins je reste persuadé qu'il est possible de présenter une argumentation très convaincante fondée sur la folie passagère, et j'aimerais dans ce cas que vous acceptiez de comparaître. La situation est tellement claire que n'importe quel jury comprendra : vous avez connu la douleur de perdre une épouse bien-aimée et, là-dessus, vous êtes tombé amoureux d'une très séduisante jeune femme qui a accepté une quantité de cadeaux de votre part avant de vous repousser. C'est une histoire classique, une histoire qui sera, j'en suis sûr, accueillie avec indulgence si l'on plaide en même temps la folie passagère. »

La voix de Leonard Hart prit un ton de plus en plus passionné, comme s'il s'adressait au jury : « Vous lui avez demandé de venir chez vous pour avoir une explication, mais elle vous a provoqué et vous vous êtes disputés. Soudain, vous avez perdu la tête et, dans un accès de rage si intense que vous ne vous rappelez aucun détail, vous avez tiré sur elle. Le revolver était en général enfermé dans un tiroir, mais vous l'aviez sorti ce soir-là, songeant à vous suicider tant votre désespoir était profond. »

L'avocat interrompit sa présentation des faits et, dans le moment de silence qui suivit, l'ancien secrétaire d'État le dévisagea, l'air ébahi. « C'est ainsi que vous voyez les choses ? »

16

Hart parut surpris par la question. « Oui, naturellement. Il reste encore quelques détails à arranger, une ou deux choses à mettre au point. Par exemple, il nous faudra expliquer comment vous avez pu abandonner Mlle Young alors qu'elle se vidait de son sang, monter vous coucher et vous endormir si profondément que vous n'avez même pas entendu le hurlement de votre femme de ménage le lendemain matin, au moment où elle a découvert le corps. Si j'en crois mon expérience, il suffira que nous soulignions à l'audience que vous étiez en état de choc.

— Vous croyez ? demanda Shipman d'un ton las. Pourtant ce n'était pas le cas. En réalité, après avoir bu un verre, je me souviens à peine de ce que nous nous sommes dit, Arabella et moi, encore moins d'avoir tiré sur elle. »

Une expression chagrinée envahit le visage de l'avocat. « Je préférerais, Tom, que vous ne fassiez aucune déclaration de ce type à qui que ce soit. Vous me le promettez ? Et puis-je aussi vous suggérer de mettre la pédale douce sur le scotch dorénavant ; visiblement, la boisson ne vous vaut rien. »

Dissimulé derrière le rideau, Thomas Shipman regardait son avocat à la silhouette rebondie se débattre au milieu de la meute des journalistes. On eût dit un martyr chrétien jeté aux lions, pensa-t-il. Mais ce n'était pas du sang de Leonard Hart qu'ils avaient soif.

C'était du sien. Or, il n'avait aucune envie de jouer les martyrs.

Par chance, il avait pu joindre à temps sa gouvernante, Lillian West, pour lui dire de rester chez elle aujourd'hui. Il savait depuis la veille, depuis que l'inculpation avait été notifiée, que les caméras de télévision campaient devant sa maison, enregistrant tout, chacun de ses pas, sa sortie menottes aux poignets, la lecture de l'acte d'accusation, la prise d'empreintes, et ce matin son piètre retour. Non, rentrer chez lui aujourd'hui lui avait laissé une impression de défaite. Il ne voulait pas la voir soumise à la même situation.

Il aurait aimé sentir une présence autour de lui, cependant. La maison lui semblait trop silencieuse, déserte. Pris dans le flot de ses souvenirs, il se rappela le jour où Constance et lui l'avaient achetée, trente ans auparavant. Ils avaient décidé de prendre la voiture et d'aller déjeuner au Bird and Bottle près de Bear Mountain et de regagner ensuite Manhattan sans se presser. Sur une impulsion, ils avaient fait un détour par Tarrytown, se promenant dans les rues résidentielles alentour, et c'est alors qu'ils étaient tombés sur le panneau « À vendre » planté devant cette demeure du début du siècle, dont la façade donnait sur l'Hudson et les Palisades.

Et pendant vingt-huit ans, deux mois et dix jours, nous avons vécu ici une existence heureuse, se rappela Shipman. « Oh, Constance, si seulement on nous avait donné dix ou vingt ans de plus », dit-il doucement tout en se diri-

18

geant vers la cuisine pour brancher le percolateur, renonçant à son scotch.

Cette maison avait beaucoup compté dans leur vie. Même lorsqu'il occupait le poste de secrétaire d'État et passait son temps en déplacements, Constance et lui s'arrangeaient pour y venir en week-end de temps à autre ; c'était une sorte de havre de paix pour eux. Jusqu'au matin, voilà deux ans, où Constance lui avait dit : « Tom, je ne me sens pas très bien. » L'instant suivant, elle ne respirait plus.

Il avait noyé son chagrin dans le travail. *Dieu merci, j'avais mon activité pour me distraire*, songea-t-il, souriant en lui-même au souvenir du surnom que la presse avait fini par lui donner. Le Secrétaire Volant. *Mais j'ai fait plus que m'occuper l'esprit. Henry et moi avons accompli du bon boulot. Nous avons laissé Washington et le pays en meilleur état qu'ils ne l'avaient été depuis des années.*

Dans la cuisine, il introduisit quatre mesures de café dans le filtre, brancha la machine et versa la quantité correspondante d'eau. *Allons, je suis capable de me débrouiller seul*, pensa-t-il. *Dommage que je ne l'aie pas fait davantage après la mort de Constance. Mais Arabella est entrée en scène, prête à offrir son réconfort, tellement attirante... Morte aujourd'hui.*

Il repensa à ce qui s'était passé ce soir-là, il y avait deux jours. Que s'étaient-ils dit dans la bibliothèque ? Il se souvenait vaguement de s'être mis en colère. Mais comment avait-il pu en venir à un tel acte de violence ? Et comment avait-il pu la laisser en sang sur le plancher de la bibliothèque et monter se coucher ?

Le téléphone retentit, mais Shipman se contenta de le fixer. Lorsque la sonnerie s'interrompit, il souleva le récepteur du combiné et le posa sur le comptoir.

Le café prêt, il s'en versa une tasse d'une main un peu tremblante et l'apporta dans la salle de séjour. En temps normal, il se serait assis dans le grand fauteuil de cuir de la bibliothèque, mais pas ce soir. Serait-il jamais capable de pénétrer à nouveau dans cette pièce ?

Il s'apprêtait à s'installer quand il entendit une clameur à l'extérieur. Il savait que les journalistes campaient toujours dans la rue, mais pourquoi ce tintamarre ? Avant même de jeter un coup d'œil à travers les rideaux, il devina la cause de toute cette agitation.

L'ex-président des États-Unis venait d'arriver, prêt à lui offrir son amitié et son réconfort.

Les hommes des services secrets tentaient de contenir les journalistes. Un bras protecteur passé autour de sa femme, Henry s'arrêta, signifiant son intention de faire une déclaration. « Comme il est de règle dans notre démocratie, un homme est présumé innocent jusqu'à ce que la preuve soit faite de sa culpabilité. Thomas Shipman a été un grand secrétaire d'État et il reste un ami

20

proche. Sunday et moi sommes venus aujourd'hui l'assurer de notre amitié. »

Sur ce, l'ancien Président se retourna et se dirigea vers le porche, ignorant l'avalanche de questions des journalistes. Comme il atteignait la dernière marche, Tom Shipman ouvrit la porte. Ce fut seulement lorsqu'elle se referma sur les Britland et qu'il se sentit étreint par deux bras forts et chaleureux que Tom éclata en sanglots.

Sentant que les deux hommes avaient besoin de s'entretenir en privé, Sunday se dirigea vers la cuisine, insistant malgré les protestations de Shipman pour préparer le déjeuner. « Vous vous sentirez beaucoup mieux avec quelque chose dans l'estomac, Tom, dit-elle. Racontez-vous ce que vous avez à vous dire, tous les deux, et venez ensuite me rejoindre. Je suis sûre que vous avez tout ce qu'il faut pour préparer une omelette. »

Shipman reprit vite contenance. La présence d'Henry à ses côtés lui donnait, temporairement du moins, l'impression de pouvoir affronter ce qui l'attendait. Entrant dans la cuisine, ils trouvèrent Sunday au travail. Ses gestes précis et assurés devant la planche à découper rappelèrent à Tom ce jour récent, à Palm Beach, où il avait regardé une autre femme préparer une salade et rêvé d'un avenir aujourd'hui anéanti.

Jetant un coup d'œil par la fenêtre, il se rendit compte que le store était levé et qu'en se faufilant à l'arrière de la maison le premier venu pourrait facilement prendre une photo d'eux trois. Il traversa rapidement la pièce et abaissa le store.

Il se retourna vers Henry et Sunday et leur sourit tristement. « Récemment, quelqu'un m'a persuadé de faire installer un système électrique sur les rideaux de toutes les autres pièces, quelque chose me permettant de les fermer sur commande, en poussant un simple bouton. Je n'ai pas pensé que je pourrais en avoir besoin ici. Je ne mets jamais les pieds à la cuisine, et Arabella n'était pas exactement une Betty Crocker[1]. »

Il se tut et secoua la tête. « Oh, qu'importe désormais ! D'ailleurs, je n'ai jamais aimé ces maudits systèmes. En fait, ceux de la bibliothèque n'ont jamais fonctionné correctement. Chaque fois qu'on actionne le mécanisme pour les ouvrir ou les fermer, on croirait entendre une détonation, comme si quelqu'un tirait un coup de feu. Curieuse coïncidence, me direz-vous, puisqu'un coup de feu a été tiré dans cette même pièce pas plus tard qu'hier. On prétend que certains événements sont souvent précédés de signes avant-coureurs... »

Il détourna les yeux un instant et on n'entendit plus que Sunday qui battait les œufs en omelette. Puis Shipman s'approcha de la table et s'assit en face d'Henry, se souvenant des nombreuses occasions où ils s'étaient trouvés ainsi, de part et d'autre de la table de travail

1. Betty Crocker, personnage symbolique de la bonne ménagère américaine. (N.d.T.)

d'Henry, dans le bureau Ovale. Il leva la tête, croisa le regard de son vis-à-vis : « Vous savez, monsieur le Président, je...

— Tommy, laissez tomber. C'est moi. Henry.

— Bien, Henry. Je pensais que nous étions tous les deux juristes, et...

— Sunday également, lui rappela Henry. Ne l'oubliez pas. Elle a été avocat commis d'office avant de se présenter au Congrès. »

Shipman eut un vague sourire. « Je propose alors qu'elle soit notre expert privé. » Il se tourna vers elle. « Sunday, avez-vous jamais assuré la défense d'un type ivre mort au moment du crime, qui non seulement a tiré sur son... amie... à trois reprises, mais l'a laissée mourir sur place pendant qu'il cuvait sa cuite ? »

Sans se retourner, Sunday répondit : « Peut-être pas dans ces circonstances exactes, mais j'ai défendu un certain nombre d'individus tellement drogués qu'ils ne se souvenaient même plus d'avoir commis un crime. Pourtant, comme par hasard, il y avait toujours des témoins pour affirmer qu'ils étaient coupables. Ça ne me facilitait pas la tâche.

— Et ils ont été condamnés, naturellement. »

Sunday s'immobilisa et le regarda avec un sourire triste. « Ils ont écopé du maximum.

— C'est bien ce que je pensais. Mon avocat, Len Hart, est un type très capable. Il voudrait que je plaide la folie — passagère bien entendu. Si je comprends bien, ma seule issue est de plaider coupable, dans l'espoir qu'en

23

échange l'État ne requerra pas la peine de mort. »

Henry et Sunday regardaient leur ami parler, le regard fixé devant lui. « Vous comprenez, continua Shipman, j'ai ôté la vie à une jeune femme qui avait encore des dizaines d'années devant elle. Si je vais en prison, je ne survivrai probablement pas plus que cinq ou dix ans. La captivité, aussi longtemps qu'elle durera, m'aidera peut-être à expier cette atroce responsabilité avant que le Créateur me rappelle à Lui. »

Ils restèrent tous les trois silencieux tandis que Sunday achevait de préparer le repas, remuait la salade, versait le mélange d'œufs battus, tomates, poivrons, jambon et échalote dans la poêle. Les toasts sautèrent du grille-pain au moment où elle faisait glisser la première omelette dans une assiette chaude qu'elle déposa devant Shipman. « Mangez », ordonna-t-elle.

Vingt minutes plus tard, disposant la dernière feuille de salade sur un bout de toast, Shipman regarda pensivement l'assiette vide devant lui et fit remarquer : « Quelle abondance de biens, Henry : non seulement vous avez un chef français à domicile, mais vous êtes aussi l'heureux époux d'une cuisinière de premier plan.

— Merci, cher monsieur, dit Sunday avec un léger salut. Pour tout vous avouer, si j'ai quelques talents culinaires, je les ai acquis dans la cuisine du traiteur chez lequel je travaillais pour financer mes études à Fordham. »

Shipman sourit sans cesser de fixer l'assiette vide devant lui. « C'est un talent remarquable. Et qu'Arabella ne possédait certes pas. » Il secoua la tête lentement. « Comment ai-je pu être à ce point aveugle ? »

Sunday posa sa main sur la sienne et dit doucement : « Tommy, vous avez sûrement des circonstances atténuantes. Vous avez passé tant d'années au service du peuple américain, et mené à bien tant de projets généreux. La cour cherchera tous les moyens d'adoucir la sentence — à condition qu'il y en ait une bien entendu. Henry et moi sommes ici pour vous aider dans la mesure de nos moyens, et nous resterons à vos côtés le temps qu'il faudra. »

Henry Britland serra l'épaule de Shipman. « C'est vrai, mon vieux, nous ferons tout ce qui est en notre pouvoir. Mais avant tout, il nous faut savoir ce qui s'est véritablement passé. Nous avons appris qu'Arabella avait rompu avec vous, alors pourquoi se trouvait-elle ici cette nuit-là ? »

Shipman ne répondit pas immédiatement. « Elle est passée à l'improviste, fit-il d'un air évasif.

— Vous ne l'attendiez donc pas ? demanda vivement Sunday.

— Euh... non... pas vraiment. »

Henry se pencha en avant. « Tom, comme le disait Will Rogers[1] : "Tout ce que je sais, je

1. Will Rogers : humoriste populaire. (N.d.T.)

25

le lis dans la presse." D'après les médias, vous aviez téléphoné à Arabella plus tôt dans la journée pour la supplier de s'expliquer. Elle est venue vous voir vers neuf heures.

— C'est exact », répondit-il sans plus de précisions.

Henry et Sunday échangèrent un regard soucieux. Visiblement, Tom leur cachait quelque chose.

« Si nous parlions du revolver ? demanda Henry. Franchement, j'ai été stupéfait d'apprendre que vous en possédiez un, et de surcroît qu'il était déclaré à votre nom ; vous étiez un fervent partisan de l'amendement Brady, et considéré comme l'ennemi numéro un de la NRA, cette maudite association en faveur des armes à feu. Où le rangiez-vous ?

— À dire vrai, je l'avais complètement oublié, répondit Shipman d'un ton las. Je l'avais acheté lorsque nous nous sommes installés ici, et il était rangé depuis des années au fond du coffre-fort. Je m'en suis souvenu par hasard l'autre jour, après avoir appris que la police municipale menait une campagne pour encourager les gens à échanger des armes contre des jouets. Je l'ai sorti et laissé avec les balles sur la table de la bibliothèque. J'avais l'intention de le porter au commissariat le lendemain matin. »

Sunday devina qu'Henry se faisait la même réflexion qu'elle. La situation prenait de plus en plus mauvaise tournure : non seulement Tom avait tué Arabella, mais il avait chargé l'arme après son arrivée.

26

« Tom, que faisiez-vous avant qu'Arabella n'apparaisse chez vous ? » interrogea Henry.

Shipman hésita avant de répondre. « J'avais assisté à l'assemblée générale annuelle d'American Micro. La journée avait été épuisante et en outre, j'avais un rhume épouvantable. Ma fidèle gouvernante, Lillian, avait préparé le dîner pour sept heures et demie. J'ai mangé légèrement et suis monté immédiatement dans ma chambre. Je ne me sentais pas bien ; j'avais des frissons, et j'ai pris une longue douche chaude avant de me coucher. Comme je dormais mal depuis plusieurs nuits, j'ai avalé un somnifère. J'étais plongé dans un profond sommeil lorsque Lillian a frappé à ma porte pour m'avertir qu'Arabella était en bas et qu'elle désirait me voir.

— Vous êtes descendu ?

— Oui. Lillian était partie lorsque je suis arrivé en bas de l'escalier. Arabella attendait dans la bibliothèque.

— Étiez-vous content de la voir ? »

Shipman resta un instant silencieux avant de répondre. « Non. Je me souviens que j'étais encore abruti par le somnifère et que j'avais du mal à garder les yeux ouverts. J'étais également fâché qu'après avoir ignoré mes appels téléphoniques elle ait décidé de venir sans m'avertir. Comme vous le savez, il y a un bar dans la bibliothèque. Comme si elle se trouvait chez elle, Arabella nous avait déjà préparé un martini.

— Tom, comment avez-vous pu accepter de

27

boire un martini après avoir avalé un somnifère ?

— Parce que je suis un idiot, répliqua Shipman. Parce que j'étais tellement excédé des
glapissements d'Arabella et de son rire de cré-
celle que le seul moyen de ne pas devenir cinglé était de tout noyer dans l'alcool. »

Henry et Sunday dévisagèrent leur ami avec
étonnement. « Je croyais que vous étiez fou
d'elle, dit Henry.

— Oh, je l'ai été pendant un temps, mais à
la fin c'est moi qui ai rompu. J'ai trouvé plus
élégant de laisser croire qu'elle avait pris la
décision. Étant donné nos différences d'âge et
de personnalité, personne ne s'en étonnerait.
La vérité est que j'étais enfin — temporairement comme la suite l'a prouvé — revenu à
la raison.

— Alors pourquoi lui téléphoniez-vous ?
demanda Sunday. Je ne comprends pas.

— Parce qu'elle m'appelait au milieu de la
nuit, parfois toutes les heures. En général, elle
raccrochait dès qu'elle entendait ma voix,
mais je savais que c'était elle. Je l'ai donc prévenue par téléphone que cela ne pouvait pas
durer. Mais je ne l'ai certainement pas invitée
à venir ici.

— Tom, pourquoi n'en avoir rien dit à la
police ? Si j'en juge par ce que j'ai lu et
entendu, tout le monde croit qu'il s'agit d'un
crime passionnel. »

Tom Shipman secoua tristement la tête.
« Parce que je crois qu'en définitive c'est probablement ainsi qu'on peut le qualifier. Ce

soir-là, Arabella m'a annoncé qu'elle était en contact avec un journal à scandales pour lui vendre une histoire de parties fines que nous aurions, vous et moi, organisées durant votre présidence.

— C'est grotesque ! s'indigna Henry.

— Du chantage, murmura Sunday.

— Exactement. Croyez-vous que rapporter ce genre de choses améliorerait ma situation ? » demanda Shipman. Il hocha la tête. « Non. Même si ce n'est pas le cas, au moins y a-t-il une certaine dignité à être puni pour avoir assassiné une femme parce que je l'aimais trop et que je n'ai pas accepté de la perdre. C'est une marque de respect envers elle et, d'une certaine manière, envers moi. »

Sunday tint à ranger la cuisine pendant qu'Henry accompagnait Tommy jusqu'à sa chambre. « Tommy, je préférerais que quelqu'un reste ici avec vous pendant les jours qui viennent, dit-il. Je n'aime pas vous savoir seul.

— Oh, ne vous inquiétez pas, Henry. Je vais bien. D'ailleurs, je ne me sens pas seul après votre visite. »

Henry ne fut pas rassuré pour autant. Constance et Tommy n'avaient pas d'enfants et aujourd'hui un grand nombre de leurs amis avaient pris leur retraite et étaient partis s'installer ailleurs, la plupart d'entre eux en Floride. Les pensées d'Henry furent interrompues par la sonnerie de son téléphone portable.

C'était Jack Collins, le chef de l'équipe des services secrets chargée d'assurer sa protection. « Je suis désolé de vous déranger, monsieur le Président, mais une voisine affirme qu'elle a un message urgent à transmettre à M. Shipman. Elle dit qu'une amie de ce dernier, une certaine comtesse Condazzi, habitant Palm Beach, a essayé en vain de le joindre ; il ne répond pas au téléphone et son répondeur est apparemment débranché. Elle s'inquiète. Elle fait dire à M. Shipman qu'elle attend son appel.

— Merci, Jack. J'en fais part immédiatement au secrétaire Shipman. Sunday et moi sortirons de la maison dans quelques minutes.

— Très bien, monsieur. Nous serons prêts. »

La comtesse Condazzi, songea Henry. Intéressant. Je me demande qui c'est.

Sa curiosité s'accrut lorsque, après avoir informé Thomas Shipman de l'appel téléphonique, il vit une lueur apparaître dans son regard et un sourire flotter sur ses lèvres. « Betsy a appelé, vraiment ? C'est gentil de sa part ! » Mais ses yeux s'assombrirent aussi vite qu'ils s'étaient éclairés et son sourire s'évanouit. « Peut-être pourriez-vous prévenir ma voisine que je ne reçois aucun coup de téléphone, dit-il. De personne. Au point où en sont les choses, je pense préférable de ne parler qu'à mon avocat. »

Quelques minutes plus tard, comme Henry et Sunday traversaient rapidement l'attroupement des journalistes, une Lexus s'arrêta dans l'allée à leur hauteur. Ils virent une femme en sortir rapidement et, profitant de la diversion provoquée par leur départ, atteindre sans mal la maison où, utilisant sa propre clé, elle entra immédiatement.

« Sans doute la gouvernante, fit Sunday, notant que la femme, âgée d'une cinquantaine d'années, était vêtue simplement et portait ses cheveux tressés en couronne sur la tête. Elle a la tenue de l'emploi et qui d'autre aurait une clé ? Au moins Tom ne sera-t-il pas seul.

— Il doit la payer généreusement, fit remarquer Henry. Elle a une voiture plutôt luxueuse. »

Sur le chemin du retour, il fit part à Sunday du mystérieux coup de fil de la comtesse. Elle n'émit aucun commentaire, mais il vit à la façon dont elle penchait la tête et plissait le front qu'elle était à la fois préoccupée et perplexe.

Ils avaient pris place dans une vieille Chevrolet, l'une des dix voitures d'occasion spécialement équipées qu'Henry utilisait volontiers lorsqu'il désirait passer inaperçu. Les deux gardes du corps, l'un au volant et l'autre assis à ses côtés, ne pouvaient pas les entendre à travers l'épaisse séparation vitrée.

Brisant ce qui pour elle était un silence interminable, Sunday dit : « Henry, il y a quelque chose qui n'est pas normal dans cette affaire. C'était déjà perceptible dans les comptes-rendus publiés par la presse, mais maintenant, après avoir parlé à Tommy, j'en suis certaine. »

Henry acquiesça. « Tu as raison. Au début j'ai pensé que les circonstances du meurtre étaient tellement horribles que Tommy les avait niées, qu'il avait été incapable d'accepter la vérité. » Il s'interrompit un instant. « Mais je m'aperçois maintenant que là n'est pas la question. Tommy ne sait même pas ce qui est arrivé. Et tout ça lui ressemble si peu ! s'exclama-t-il. Quel que soit le motif — menaces de chantage ou je ne sais quoi —, même sous l'effet d'un somnifère augmenté d'un martini, Tommy est incapable de s'emporter au point d'assassiner une femme. En le voyant aujourd'hui, je me suis rendu compte que toute cette histoire était invraisemblable. Tu ne le connaissais pas alors, Sunday, mais il était terriblement attaché à Constance. Son calme au moment de sa mort fut remarquable. Non, décidément, Tommy n'est pas le genre d'homme à perdre son sang-froid, quelles que soient les circonstances.

— Bon. Il s'est peut-être comporté de façon admirable à la mort de sa femme, mais qu'il ait complètement perdu les pédales pour Arabella Young alors que Connie était à peine en terre en dit long sur l'homme, tu ne crois pas ?

— Oui, par réaction peut-être ? Ou par refus ?

— Exactement. Parfois, les gens tombent amoureux très rapidement après avoir perdu un être cher et ça peut marcher, mais c'est rare.

— Tu as probablement raison. Le fait que Tommy n'ait jamais épousé Arabella — alors qu'il lui avait offert une bague de fiançailles il y a déjà presque deux ans — signifie sans doute qu'il savait dès le début que c'était une erreur.

— Henry, je n'étais pas dans le circuit à cette époque. J'ai lu dans les journaux l'histoire de cet amour fou entre l'austère secrétaire d'État et l'éblouissante attachée de presse qui aurait pu être sa fille ; mais je me souviens d'avoir vu deux photos de lui publiées côte à côte, l'une le montrant en public, serrant Arabella dans ses bras, et l'autre à l'enterrement de sa femme, prise à un moment où il ne surveillait pas son expression. Personne au monde ne peut être à ce point accablé par le chagrin et paraître aussi heureux à peine deux mois plus tard. Et la tenue d'Arabella... Ce n'était franchement pas le genre de Tommy. »

Sunday sentit plus qu'elle ne vit son mari hausser les sourcils. « Oh, allons ! Tu lis ces feuilles de chou comme moi. Dis-moi la vérité. Que pensais-tu d'Arabella ?

— Franchement, j'y pensais le moins possible.

— Tu ne réponds pas à ma question.

— Je n'aime pas dire du mal des disparus. » Il hésita un instant. « Mais si tu veux tout savoir, je la trouvais bruyante, vulgaire et insupportable. Un esprit acéré, certes, mais elle parlait sans discontinuer — un vrai moulin à paroles — et les lustres tremblaient lorsqu'elle riait.

— Bien. Ça correspond en effet à ce que j'ai lu à son sujet. » Sunday resta pensive une minute puis se tourna vers son mari. « Henry, si Arabella est allée jusqu'à faire chanter Tommy, crois-tu possible qu'elle ait déjà employé ce genre de méthode avec quelqu'un d'autre ? Est-il envisageable qu'entre le somnifère et le martini Tommy ait perdu conscience et qu'un intrus soit entré dans la maison à son insu ? Quelqu'un qui aurait suivi Arabella et trouvé là une occasion de se débarrasser d'elle et de laisser accuser ce pauvre Tommy ?

— Et qui aurait ensuite porté et couché Tommy dans sa chambre au premier étage ? » Henry haussa les sourcils.

Ils gardèrent le silence tandis que la voiture s'engageait sur la bretelle menant au Garden State Parkway. Sunday regarda pensivement par la fenêtre les derniers rayons du soleil enflammer les arbres encore revêtus de leur feuillage rouge et or. « J'adore l'automne, dit-elle. Et je trouve navrant qu'à l'automne de sa vie, Tommy se trouve confronté à cette épreuve. » Elle se tut à nouveau. « Bon, continua-t-elle. Envisageons un autre scénario. Tu connais bien Tommy. Supposons qu'il ait été en colère, voire fou de rage, mais aussi tellement groggy qu'il était incapable d'avoir les idées claires. Mets-toi dans sa position à ce moment-là : qu'aurais-tu fait ?

— Ce que nous faisions lui et moi lorsque

34

nous prenions part à des conférences au sommet. Nous sentions que nous étions trop fatigués ou excédés — ou les deux — pour réfléchir posément, et nous allions nous coucher. »

Sunday serra la main d'Henry dans la sienne. « Voilà exactement à quoi je voulais en venir. Supposons qu'Henry soit parvenu à monter tant bien que mal dans sa chambre, laissant Arabella dans la bibliothèque. Et supposons que quelqu'un d'autre l'ait suivie jusque-là, quelqu'un qui savait ce qu'elle allait faire. Il nous faut découvrir avec qui Arabella aurait pu se trouver plus tôt dans la soirée. Et nous devrions interroger la gouvernante de Tommy, Lillian West. Elle est partie peu après l'arrivée d'Arabella. Peut-être a-t-elle remarqué une voiture stationnée dans la rue. Et cette comtesse qui a téléphoné de Palm Beach, si impatiente de parler à Tommy ? Essayons d'entrer en contact avec elle ; qui sait, elle peut nous apprendre quelque chose.

— D'accord, dit Henry, plein d'admiration. Comme d'habitude nous sommes sur la même longueur d'onde, mais tu as une foulée d'avance. Je n'avais pas envisagé de parler à la comtesse. » Il passa son bras autour de Sunday et l'attira plus près de lui. « Viens ici. Te rends-tu compte que je ne t'ai pas embrassée depuis onze heures dix ce matin ? »

Sunday lui caressa les lèvres du bout de son index. « Tu es donc attiré par autre chose que par mon esprit brillant ?

— Comme tu peux le remarquer. » Henry

embrassa le bout de ses doigts avant de les écarter doucement et de presser sa bouche contre la sienne.

Elle s'écarta de lui. « Henry, encore une chose. Il faut nous assurer que Tommy ne plaide pas coupable avant que nous ayons tenté de l'aider.

— Comment l'en empêcher ?

— En le lui ordonnant, naturellement.

— Chérie, je ne suis plus président.

— Aux yeux de Tommy, tu l'es toujours.

— D'accord, je vais essayer. Mais voici une autre injonction présidentielle : tais-toi un peu. »

À l'avant, les deux gardes du corps regardèrent dans le rétroviseur et échangèrent un sourire.

Le lendemain matin, Henry se leva à l'aube et partit faire un tour à cheval dans sa propriété avec son régisseur. Il était de retour, à huit heures et demie, quand Sunday le rejoignit dans la salle du petit déjeuner qui surplombait le jardin à l'anglaise à l'arrière de la maison. Sur les murs tendus de toile de lin à larges rayures, une profusion de gravures botaniques donnaient à la pièce un caractère joyeux et fleuri. Bien différent, comme Sunday le faisait souvent remarquer, de l'appartement de Jersey City où elle avait grandi et où ses parents vivaient encore.

« N'oublie pas que la session du Congrès commence la semaine prochaine, dit-elle en terminant lentement sa deuxième tasse de café. Si je peux faire quelque chose pour aider

Tommy, je dois me mettre au travail dès maintenant. J'ai l'intention de rassembler tout ce que je peux trouver concernant Arabella. Marvin a-t-il terminé le rapport que nous lui avons demandé ? »

Marvin Klein dirigeait les bureaux d'Henry, désormais installés dans une ancienne remise de la propriété. Pourvu d'un humour particulier, il se qualifiait de chef d'état-major d'un gouvernement en exil, se référant au fait qu'à la fin du second mandat d'Henry Britland, l'opinion publique avait demandé que soit supprimée l'interdiction faite au président des États-Unis de remplir plus de deux mandats. Un sondage à l'époque avait montré que quatre-vingts pour cent de l'électorat souhaitait que la restriction soit levée en cas de deux mandats *non consécutifs*. Manifestement, une majorité du peuple américain désirait le retour d'Henry Parker Britland IV au 1600 Pennsylvania Avenue.

« Je viens de le lire, dit Henry. Il en ressort que la regrettée Arabella s'est arrangée pour jeter un voile sur une bonne partie de son passé. Les découvertes croustillantes que Marvin a fini par déterrer nous apprennent quand même qu'elle s'était mariée une première fois, avait divorcé et saigné à blanc son ex-mari, et qu'elle entretenait depuis longtemps et épisodiquement une liaison avec un certain Alfred Barker, un individu qui a passé quelques années en prison pour corruption de sportifs.

— Incroyable ! En est-il sorti aujourd'hui ?

— Mieux que ça, ma chérie. Il a dîné avec Arabella le soir même de sa mort. »

Sunday resta bouche bée. « Chéri, comment Marvin l'a-t-il appris ?

— Comment Marvin s'y prend-il pour tout savoir ? Il a ses sources. Et pour en revenir à Arabella, il semble que cet Alfred Barker vive à Yonkers qui, comme tu le sais sans doute, n'est pas loin de Tarrytown. Quant à l'ex-mari d'Arabella, il paraît qu'il s'est remarié et n'habite plus la région.

— Marvin a obtenu toutes ces informations en une seule nuit ? » Les yeux de Sunday brillaient d'excitation.

Henry répondit d'un hochement de tête, tandis que Sims, le maître d'hôtel, lui servait une seconde tasse de café. « Merci, Sims. Et ce n'est pas tout, continua-t-il. Il a également appris qu'Alfred Barker était encore très épris d'Arabella, aussi incroyable que cela puisse paraître, et qu'il s'était vanté de la revoir depuis qu'elle avait largué le vieux schnoque.

— Que fait Alfred Barker maintenant ? demanda Sunday.

— Théoriquement, il est propriétaire d'un magasin de fournitures de plomberie. Mais selon les sources de Marvin, il s'agit d'une façade pour un bon nombre d'affaires douteuses qu'il gère plus ou moins seul. L'information qui m'intéresse plus particulièrement, cependant, est que notre M. Barker est connu pour ses réactions violentes, quand on le contrarie. »

Sunday plissa le front, profondément absorbée par ses pensées. « Hmmm. Voyons. Il a dîné avec Arabella juste avant qu'elle ne débarque à l'improviste chez Tommy. Il déteste être contrarié, ce qui signifie probablement qu'il est aussi très jaloux, et il est violent. » Elle regarda son mari. « Est-ce que tu penses ce que je pense ?

— Exactement.

— Je savais bien qu'il s'agissait d'un crime passionnel ! s'écria Sunday. Seulement, il apparaît que la passion n'émanait pas de Tommy. Bon. J'irai voir Barker aujourd'hui, ainsi que la gouvernante de Tommy. Comment s'appelle-t-elle, déjà ?

— Dora », je crois, répondit Henry avant de corriger : « Non, non... Dora était le nom de la femme qui a travaillé chez eux pendant des années. Une perle. Tommy a mentionné qu'elle avait pris sa retraite peu de temps après la mort de Constance. Non, si ma mémoire est exacte, la femme qui s'occupe de sa maison actuellement et que nous avons aperçue hier s'appelle Lillian West.

— C'est ça. La femme à la Lexus. Donc, je m'occupe de Barker et de cette Lillian West. De ton côté, que comptes-tu faire ?

— Je vais prendre l'avion pour Palm Beach et rendre visite à cette comtesse Condazzi. Je serai rentré pour le dîner. Quant à toi, ma chérie, promets-moi d'être prudente. Souviens-toi que Barker a une sale réputation. Je ne veux pas que les types de la sécurité te perdent de vue.

— Entendu.

— Je ne plaisante pas, Sunday. » Henry avait pris le ton sévère qui mettait généralement les membres de son cabinet dans leurs petits souliers.

« Tu es un vrai macho, dit Sunday en souriant. Bon, c'est promis, ils resteront collés à mes basques. Tu peux prendre ton avion en paix. » Elle posa un baiser sur ses cheveux et sortit de la pièce en fredonnant la célèbre marche militaire *Hail to the Chief*.

Quatre heures plus tard, pilotant son jet privé, Henry avait atterri à l'aéroport de West Palm Beach et s'était rendu jusqu'à la propriété de style colonial espagnol où résidait la comtesse Condazzi. « Attendez à l'extérieur », dit-il à ses gardes du corps.

La comtesse était une femme d'une soixantaine d'années, petite, mince, avec des traits délicats et un regard gris plein de douceur. Elle l'accueillit chaleureusement et en vint directement au vif du sujet : « Votre appel m'a fait un immense plaisir, monsieur le Président, dit-elle. J'ai appris la nouvelle concernant l'affreuse situation dans laquelle se trouve Tommy, et je tenais absolument à lui parler. Je sais ce qu'il doit endurer, mais il refuse de répondre à mes appels. Écoutez, je suis convaincue que Tommy n'a pas pu commettre ce crime. Nous sommes amis d'enfance ; nous avons fait toutes nos études ensemble, y compris nos études universitaires, et pendant toutes ces années je ne l'ai jamais vu perdre son sang-froid. Même au bal des étudiants, alors que les autres garçons se comportaient grossièrement sous l'effet de la boisson, Tommy restait toujours un parfait gentleman, qu'il fût sobre ou non.

— C'est ce que j'ai toujours pensé, acquiesça Henry. Vous avez grandi dans la même ville ?

— Nous habitions dans la même rue, à Rye. Nous sommes sortis ensemble pendant nos années de collège, mais il a fait la connaissance de Constance et j'ai rencontré Eduardo Condazzi. Je me suis mariée, et un an plus tard, lorsque son frère aîné est mort et qu'Eduardo a hérité du titre et des vignobles de la famille, nous sommes partis nous installer en Espagne. Mon mari est mort il y a trois ans. C'est mon fils qui est actuellement comte. Il vit toujours là-bas, mais j'ai pensé qu'il était temps pour moi de regagner mon pays. Un jour, j'ai retrouvé Tommy chez des amis communs, lors d'un week-end de golf. Les années ont paru s'effacer comme par miracle. »

Et un amour de jeunesse s'est rallumé, pensa Henry. « Comtesse...

— Betsy.

— Très bien. Betsy, je vais vous parler sans détour. Avez-vous renoué avec Tommy les relations que vous aviez dans le passé ?

— Oui et non, répondit lentement la comtesse. Je lui ai fait comprendre que j'étais très heureuse de le revoir, et je crois qu'il a éprouvé le même sentiment à mon égard. Voyez-vous, je pense que Tommy ne s'est jamais donné vraiment le temps de pleurer Constance. Nous en avons parlé ensemble. Pour moi, il était clair que sa liaison avec Arabella Young était un moyen d'échapper au chagrin. Je lui ai conseillé de la quitter, puis de s'octroyer une période de deuil — entre six mois et un an. Je lui ai dit de me rappeler ensuite et de m'emmener à un bal d'étudiants. »

Henry observa le visage de Betsy Condazzi, son sourire nostalgique, ses yeux embués de souvenirs.

« A-t-il accepté ?

— Pas exactement. Il a répondu qu'il était en train de vendre sa maison et comptait se retirer ici. » Elle sourit. « Il a ajouté qu'il n'attendrait pas six mois avant de m'emmener au bal. »

Henry la regarda longuement avant de poser la question suivante. « Si Arabella Young avait raconté à un journal que durant mon administration, et avant même la mort de sa femme, Tommy et moi donnions des parties fines à la Maison-Blanche, quelle aurait été votre réaction ?

— Je n'en aurais rien cru, répondit-elle simplement. Et Tommy me connaît suffisamment pour savoir qu'il pouvait compter sur mon soutien. »

Pour le retour à Newark, Henry laissa son pilote prendre les commandes. Il resta plongé dans ses réflexions pendant toute la durée du trajet. Il était de plus en plus clair à ses yeux que cette histoire était un coup monté. Tommy était conscient qu'une seconde chance de bonheur s'offrait à lui, et il n'avait pas besoin de commettre un crime pour en profiter. Non, il était impensable qu'il ait tué Arabella Young. Mais comment le prouver ? Sunday avait-elle eu plus de chance dans ses recherches et trouvé un motif plausible pour expliquer la mort d'Arabella ?

Alfred Barker n'était pas homme à inspirer instinctivement la sympathie, songea Sunday en prenant place en face de lui dans le bureau de son magasin de fournitures de plomberie.

C'était un homme d'une quarantaine d'années, bâti en armoire à glace, les paupières lourdes, le teint cireux et le cheveu grisonnant rabattu sur le crâne afin de dissimuler une calvitie naissante. Sa chemise ouverte révélait une poitrine poilue, et le dos de sa main droite était barré d'une cicatrice.

Sunday pensa avec un frisson de plaisir au corps mince et musclé d'Henry, à ses traits agréables, dont sa célèbre mâchoire volontaire, à ses yeux noisette qui savaient si bien trahir ou, si nécessaire, dissimuler ses émotions. Et, si elle s'impatientait souvent de la présence des gardes du corps, soulignant que, n'ayant jamais été la First Lady, elle ne voyait pas en quoi il était nécessaire d'assurer sa protection, en ce moment précis, seule dans cette pièce sordide avec cet homme à l'air hostile, elle était rassurée de les savoir derrière la porte légèrement entrouverte.

Elle s'était présentée sous le nom de Sandra O'Brien, et il était clair qu'Alfred Barker ne se doutait pas un instant que la suite de son nom était Britland.

« Alors, pourquoi est-ce que vous voulez me parler d'Arabella ? lui demanda Barker en allumant un cigare.

— Je voudrais d'abord vous dire que je suis sincèrement peinée de sa disparition, commença Sunday. Je crois savoir que vous étiez très proches l'un de l'autre. Mais, voyez-vous, je connais M. Shipman. » Elle se tut, puis expliqua : « Mon mari a jadis travaillé avec lui. Personne ne semble s'accorder sur celui des deux qui a pris l'initiative de rompre.

— Arabella en avait marre du vieux. C'est moi qu'elle aimait.

— Mais elle était fiancée à Thomas Shipman, protesta Sunday.

— Ouais. Je savais que ça durerait pas. Seulement, il était plein aux as. Voyez-vous, Arabella s'était mariée à l'âge de dix-huit ans avec un abruti qui ne savait même pas comment il s'appelait. Mais elle était maligne. Le bonhomme était peut-être stupide, mais ça valait le coup de rester avec lui parce que la famille avait du fric. Elle a tenu bon pendant trois ou quatre ans, s'est inscrite à l'université, s'est fait arranger les dents, a laissé l'imbécile lui payer tout ce qu'elle voulait, et elle a attendu que le vieil oncle riche casse sa pipe pour empocher sa part d'héritage et demander le divorce. »

Alfred Barker ralluma son cigare à demi consumé, tira une bouffée et se renversa dans son fauteuil. « Une fille drôlement fortiche. Un sacré caractère !

— Et c'est alors qu'elle a commencé à vous voir ? interrogea Sunday.

— Exact. Mais j'ai eu un petit malentendu avec l'administration, et j'ai fini au trou. Elle avait décroché un job dans une boîte huppée de relations publiques et quand ils lui ont offert de l'engager dans leur agence de Washington, il y a deux ans, elle a sauté sur l'occasion. »

Barker aspira longuement la fumée de son cigare et toussa bruyamment. « Impossible de la faire tenir en place, et d'ailleurs je n'en avais pas vraiment envie. Quand on m'a relâché, l'an dernier, elle a pris l'habitude de me téléphoner constamment et de débiner Shipman, ce pantin. Mais c'était un bon filon pour elle parce qu'il lui offrait des bijoux de prix et qu'elle rencontrait un tas de gens. » Barker se pencha par-dessus le bureau. « Y compris le président des États-Unis, Henry Parker Britland, quatrième du nom. »

Il regarda Sunday d'un air accusateur. « Combien de personnes dans ce pays ont jamais échangé des plaisanteries à une table avec le président des États-Unis ? Vous l'avez fait, vous ?

— Pas avec le Président », dit Sunday, sans mentir, se rappelant cette première soirée à la

Maison-Blanche où elle avait décliné l'invitation d'Henry.

« Vous comprenez ce que je veux dire ? brama Barker d'un ton triomphant.

— Évidemment, le secrétaire d'État Thomas Shipman était à même de procurer des contacts extrêmement intéressants à Arabella. Mais à l'entendre, c'est lui qui a rompu leurs relations. Pas Arabella.

— Oui. Et alors ?

— Alors pourquoi l'aurait-il tuée ? »

Le visage de Barker s'empourpra et sa main s'abattit sur le bureau. « J'avais prévenu Arabella de ne pas le menacer avec son histoire de scandale. Je lui avais dit que cette fois elle jouait dans une autre catégorie. Mais elle l'avait déjà fait auparavant et elle a refusé de m'écouter.

— Elle l'avait déjà fait ! » s'exclama Sunday, se souvenant que c'était exactement le scénario dont elle avait suggéré la possibilité à Henry. « Qui d'autre avait-elle fait chanter ?

— Un type avec qui elle travaillait. J'ai oublié son nom. De la petite bière. Mais c'est jamais une bonne idée de s'en prendre à un type qui a le bras aussi long que Shipman. Vous vous rappelez comment il s'est payé la tête de Castro ?

— A-t-elle parlé de ses tentatives pour le faire chanter ?

— Rarement, et à moi seul. Je lui répétais de ne pas continuer, mais elle s'imaginait que la fortune viendrait en chantant. » Des larmes inattendues embuèrent des yeux d'Alfred Bar-

46

ker. « Je l'aimais vraiment. Mais elle était tellement têtue... Elle voulait jamais rien écouter. » Il resta silencieux, apparemment perdu dans ses pensées. « Je l'avais prévenue. Il y avait même cette citation que je lui avais montrée. »

Sunday eut un sursaut involontaire en entendant l'étonnante déclaration de Barker.

« J'aime les citations, poursuivit-il. Je les lis pour m'amuser et pour leur sens profond, si vous voyez ce que je veux dire. »

Sunday hocha la tête. « Mon mari en est féru. Il dit qu'elles sont pleines de sagesse.

— Ouais, c'est aussi ce que je dis. Et qu'est-ce qu'il fait, votre mari ?

— Il est sans emploi actuellement.

— Pas facile ! Il s'y connaît en plomberie ?

— Pas vraiment.

— Et en chiffres ? »

Sunday prit une mine navrée.

« Non, la plupart du temps il reste à la maison. Et il lit beaucoup, pour trouver des citations par exemple. » Elle essayait de ramener la conversation sur le sujet.

« Celle que j'ai lue à Arabella lui allait comme un gant. C'était une grande gueule. Une vraie grande gueule. Un jour, je suis tombé sur cette citation et je la lui ai montrée. Je passais mon temps à lui dire que sa grande gueule lui attirerait des ennuis, et je me trompais pas. »

Barker fouilla dans le premier tiroir de son bureau et en sortit une feuille de papier froissée. « La voilà. Lisez. » Il tendit une page manifestement arrachée à un livre. Quelques lignes étaient entourées de rouge :

Dans cette tombe, sous une motte d'argile,
Repose Arabella Young
Qui le 24 mai
Commença à tenir sa langue.

« Ça vient d'une vieille pierre tombale en Angleterre. Mis à part la date, c'est une sacrée coïncidence, non ? » Barker poussa un profond soupir et s'enfonça à nouveau dans son fauteuil.

« La belle Arabella va me manquer, c'est sûr. Elle était marrante.

— Vous avez dîné avec elle le soir de sa mort, n'est-ce pas ?

— Ouais.

— L'avez-vous accompagnée chez Shipman ?

— Non. Je lui ai dit qu'elle ferait mieux de laisser tomber, mais elle n'a pas voulu m'écouter. Alors je l'ai mise dans un taxi. Elle avait l'intention de lui emprunter sa voiture pour rentrer chez elle. » Barker secoua la tête. « Elle ne pensait pas la lui rendre. Elle était certaine qu'il lui donnerait n'importe quoi pour l'empêcher de raconter ses salades aux journaux. Au lieu de ça, regardez ce qu'il lui a fait ! »

Il se leva, le visage soudain déformé par la rage.

« J'espère qu'ils vont le faire griller. »

Sunday se mit debout à son tour. « La peine

de mort dans l'État de New York est appliquée par injection, mais je comprends ce que vous voulez dire. Dites-moi, monsieur Barker, qu'avez-vous fait après avoir mis Arabella dans son taxi ?

— Vous savez, j'attendais qu'on me pose cette question, mais les flics n'ont même pas daigné venir me parler. Ils savaient depuis le début qu'ils tenaient l'assassin d'Arabella. Donc, après l'avoir mise dans son taxi, je suis allé chez ma mère, que j'ai emmenée au cinéma. Je le fais une fois par mois. Je suis arrivé chez elle à neuf heures moins le quart, et à neuf heures deux nous achetions les billets. Le caissier me connaît. Le gosse qui vend le pop-corn au cinéma me connaît. La femme qui était assise à côté de moi est une amie de ma mère et elle sait que j'ai pas bougé jusqu'à la fin du film. Par conséquent, je n'ai pas assassiné Arabella, mais je sais qui l'a fait ! »

Barker tapa violemment du poing sur le bureau, envoyant valdinguer sur le sol une bouteille de soda vide. « Vous voulez aider Shipman ? Allez lui porter des oranges en prison ! »

Les gardes du corps de Sandra apparurent aussitôt. Ils toisèrent Barker du regard. « Si j'étais toi, je ne taperais pas sur ce bureau en présence de cette dame », fit remarquer l'un d'eux.

Pour la première fois depuis son arrivée, Sunday vit Alfred Barker rester à court d'arguments.

Thomas Acker Shipman avait accueilli froidement l'appel téléphonique de Marvin Klein l'informant que le Président le priait de ne pas engager immédiatement les négociations avec le procureur. À quoi bon ? Il voulait en finir avec cette histoire. De toute façon, il irait en prison. D'ailleurs, cette maison avait déjà l'aspect d'une prison. Une fois qu'il aurait plaidé coupable, les médias s'en donneraient à cœur joie, puis ils se désintéresseraient de la question et passeraient à autre chose. Un homme de soixante-cinq ans qu'on envoie en prison pour dix ou quinze ans ne fait pas longtemps les manchettes des journaux.

C'est uniquement parce qu'ils attendent de me voir traduit en justice qu'ils s'agglutinent comme des mouches devant la maison, se dit-il en observant la foule des reporters postée devant chez lui.

Sa gouvernante, Lillian West, était arrivée ponctuellement à huit heures du matin. Il avait placé la chaîne de sécurité à la porte, espérant la décourager, mais il n'avait réussi qu'à renforcer sa détermination. Elle avait sonné avec insistance, l'appelant jusqu'à ce qu'il vienne lui ouvrir. « Vous avez besoin que quelqu'un s'occupe de vous, que vous le vouliez ou non », avait-elle déclaré d'un ton sans réplique, repoussant les objections qu'il avait formulées la veille, lorsqu'il avait dit qu'il ne voulait pas la voir importunée par les journalistes, et préférait rester seul.

Et elle s'était tranquillement attaquée à ses

tâches quotidiennes, nettoyer des pièces dans lesquelles il ne vivrait plus, préparer des repas pour lesquels il n'avait pas d'appétit.

Lillian était une belle femme, un fin cordon-bleu, et elle entretenait remarquablement sa maison, mais sa tendance à tout vouloir régenter lui faisait parfois regretter la fidèle Dora qui était restée avec Connie et lui pendant plus de vingt ans. Peut-être oubliait-elle parfois le bacon sur le feu, mais elle avait toujours fait partie de la famille.

Dora appartenait à l'ancienne école alors que Lillian croyait manifestement en l'égalité des rapports entre employés et employeurs. Bah ! pendant le court laps de temps qu'il lui restait à passer dans cette maison avant de se retrouver en prison, autant s'accommoder de son comportement autoritaire, et essayer de profiter de ses talents culinaires et de sa parfaite connaissance des vins.

Conscient qu'il ne pouvait se couper entièrement du monde extérieur, et qu'en outre son avocat risquait à tout instant d'avoir besoin de le joindre, Shipman avait branché le répondeur et commencé à écouter les messages, triant ceux qui ne lui paraissaient pas importants. Lorsqu'il entendit la voix de Sunday, il décrocha immédiatement.

« Tommy, je vous appelle de la voiture. Je reviens de Yonkers, expliqua-t-elle. Je voudrais parler à votre gouvernante. Est-elle chez vous aujourd'hui ? Sinon, où puis-je la trouver ?

— Lillian est ici.

— Parfait. Ne la laissez pas partir avant que je puisse lui parler, je serai là d'ici une heure.

— Je ne vois pas ce qu'elle vous dira que la police ne sache déjà.

— Tommy, j'ai eu un entretien avec l'ami d'Arabella. Il connaissait son intention de vous extorquer de l'argent et, d'après ce qu'il a dit, j'ai compris qu'elle s'était déjà fait la main sur au moins une autre personne. Il nous faut découvrir de qui il s'agissait. Il est très possible que quelqu'un ait suivi Arabella jusque chez vous cette nuit-là, et en sortant Lillian a pu remarquer quelque chose — une voiture peut-être —, sans y attacher d'importance. La police ne s'est jamais intéressée à l'éventuelle existence d'autres suspects, et, Henry et moi étant convaincus que vous n'êtes pas coupable, nous allons enquêter à leur place. Haut les cœurs ! Rien n'est jamais perdu avant que tout soit fini. »

Shipman raccrocha et se retourna. Lillian se tenait debout dans l'embrasure de la porte du bureau. Visiblement, elle avait écouté la conversation. Néanmoins, il lui sourit aimablement. « Mme Britland va arriver d'un instant à l'autre, elle aimerait vous parler. Le Président et elle semblent croire que je ne suis pas coupable de la mort d'Arabella et ils mènent leur enquête de leur côté. Ils ont une théorie qui pourrait m'être très utile.

— C'est merveilleux, dit-elle d'une voix calme et froide. J'ai hâte de lui parler. »

Sunday appela ensuite Henry à bord de son avion. Ils échangèrent les récits de leurs entrevues respectives avec la comtesse et Alfred Barker. Après avoir révélé qu'Arabella faisait chanter ses amants, Sunday ajouta : « Le seul problème, c'est que si quelqu'un d'autre a voulu tuer Arabella, il sera extrêmement difficile de prouver qu'il est entré chez Tommy, a chargé l'arme et appuyé sur la gâchette.

— Difficile mais pas impossible, chercha à la rassurer Henry. Je vais demander à Marvin d'enquêter immédiatement auprès des derniers employeurs d'Arabella ; peut-être apprendra-t-il avec qui elle était liée. »

Après avoir raccroché, Henry réfléchit à ce qu'il venait d'apprendre sur le passé d'Arabella. Une soudaine et inexplicable inquiétude s'empara de lui. Le sentiment grandissant que quelque chose clochait dans toute cette affaire, mais il ne parvenait pas à savoir quoi.

Il se renfonça dans le siège pivotant, sa place favorite lorsqu'il ne pilotait pas en personne. Sunday avait dit quelque chose qui le tracassait. Quoi donc ? Il passa en revue leur conversation. Bien sûr ! C'était sa remarque concernant la difficulté de prouver qu'un inconnu avait pu pénétrer chez Tommy, charger son arme et tirer.

C'était ça ! Il ne s'agissait pas obligatoirement de quelqu'un d'étranger à la maison ! Il y avait une personne qui avait pu tout faire, une personne au courant que Tommy était ivre et épuisé, qu'Arabella était là, qui en fait l'avait introduite elle-même chez lui. *La gouvernante !*

Elle était au service de Tommy depuis peu. Il n'avait probablement pas vérifié d'où elle venait, il ne savait sans doute rien d'elle.

Sans attendre, Henry appela la comtesse Condazzi. Pourvu qu'elle soit encore chez elle ! pria-t-il intérieurement. Lorsque résonna la voix désormais familière, il alla droit au but : « Betsy, Tommy ne vous a jamais rien dit au sujet de la femme qui s'occupe de son ménage ? »

Elle hésita. « Si, en plaisantant.

— C'est-à-dire ?

— Oh, vous le connaissez ! Il y a tellement de femmes seules entre cinquante et soixante ans et si peu d'hommes disponibles. La dernière fois que j'ai parlé à Tommy, le matin même où cette pauvre fille a été assassinée, je lui ai dit que j'avais une douzaine d'amies veuves ou divorcées qui allaient être jalouses de son intérêt pour moi, et que s'il se montrait par ici il serait le centre de l'attention générale. Il a répondu qu'il était résolu à se méfier des femmes libres ; qu'il venait de faire une expérience embarrassante dans ce domaine. Le matin même, il avait averti sa nouvelle gouvernante qu'il comptait mettre sa maison en vente et partir s'installer à Palm Beach. Il lui avait confié qu'il venait de rompre avec Arabella parce que quelqu'un d'autre était devenu important dans sa vie. Plus tard, en repensant à cette conversation et à la réaction de sa gouvernante, il s'est rendu compte que la pauvre fille s'était peut-être imaginé qu'il s'agissait d'elle. Il a donc tenu à l'informer que, bien entendu, il n'aurait plus besoin de ses services une fois la maison vendue, et que naturellement il ne comptait pas l'emmener avec lui en Floride. Il m'a rapporté qu'elle avait paru bouleversée au début, puis était devenue froide et distante. » La comtesse s'interrompit et étouffa une exclamation. « Bonté divine ! Vous ne pensez tout de même pas qu'elle puisse avoir quelque chose à voir dans cette affaire ?

— C'est ce que je commence à croire, Betsy, répondit Henry. Écoutez, je vous rappelle dans un instant. Je dois avertir immédiatement l'homme qui enquête pour moi. » Il raccrocha et composa rapidement le numéro de Marvin Klein. « Marvin, j'ai des doutes sur la gouvernante du secrétaire Shipman, Lillian West. Trouvez-moi immédiatement tout ce qu'on peut dénicher sur elle. »

Marvin Klein n'aimait pas compulser illégalement les fichiers informatiques d'autrui, mais lorsque le patron disait « immédiatement », il n'y avait pas à tergiverser.

À peine quelques minutes plus tard, il avait rassemblé un dossier complet sur Lillian West, y compris la liste de ses nombreuses infractions au code de la route et, plus important, son passé professionnel. Marvin fronça les sourcils en commençant sa lecture. Lillian West, cinquante-six ans, avait fait des études universitaires, décroché une maîtrise et enseigné l'économie domestique dans plusieurs établissements, le dernier en date étant le Wren College, dans le New Hampshire. Six ans auparavant, elle avait quitté son poste pour devenir femme de charge.

À ce jour, elle avait occupé quatre emplois différents. Ses recommandations, soulignant sa ponctualité, sa capacité de travail, ses qualités de cuisinière, étaient bonnes mais pas enthousiastes. Marvin décida d'effectuer quelques vérifications de son côté.

Moins d'une demi-heure après l'appel d'Henry, Marvin était en communication avec l'ancien Président dans son avion. « Monsieur, les rapports indiquent que Lillian West, du temps où elle enseignait plus ou moins à l'université, a eu des relations difficiles avec ses supérieurs. Il y a six ans, elle a quitté son dernier poste dans l'enseignement et elle est partie travailler chez un veuf, dans le Vermont. Il est mort dix mois plus tard, apparemment d'une crise cardiaque. Elle a ensuite été engagée par un dirigeant d'entreprise divorcé, qui malheureusement est décédé la même année. Avant son entrée chez le secrétaire Shipman, son troisième employeur avait été un millionnaire de quatre-vingts ans ; il l'a renvoyée mais lui a fourni un bon certificat. Je suis allé l'interroger. D'après lui, Lillian West était une parfaite femme de charge et une excellente cuisinière, mais elle était très imbue d'elle-même et ne tenait aucun compte des rapports qui existent traditionnellement entre maître et domestique. En fait, c'est le jour où il a pris conscience qu'elle s'était mis en tête de se faire épouser qu'il l'a fichue dehors.

— Cet homme a-t-il jamais eu des problèmes de santé ? demanda calmement Henry, réfléchissant aux possibilités qu'impliquaient ces révélations.

— J'ai pensé à le lui demander, monsieur. Il a répondu qu'il se sent aujourd'hui en pleine forme, mais que durant les dernières semaines où Mme West était à son service, spécialement après qu'il lui eut signifié son congé, il avait souffert d'une extrême fatigue, suivie d'une maladie que personne n'a pu diagnostiquer et qui s'est terminée en pneumonie. »

Tommy s'était plaint d'un gros rhume et d'une sensation d'épuisement. La main d'Henry serra plus fort le récepteur. « Bon travail, Marvin.

— Il y a encore autre chose, monsieur. Selon les rapports, le sport favori de Mme West est la chasse, et il paraît qu'elle a un très bon coup de fusil. J'ai pu m'entretenir avec le président de l'université de Wren, où elle a enseigné pour la dernière fois. Il m'a informé que Mme West a été contrainte de donner sa démission. Elle montrait de sérieux signes de perturbation et a refusé toute aide psychologique. »

Lorsque Henry mit fin à la conversation, l'angoisse se lisait sur son visage. Sunday était en route pour rencontrer Lillian West et elle ignorait tout de ce qu'il venait d'apprendre. Elle allait innocemment lui révéler qu'ils envisageaient l'implication d'une autre personne dans l'assassinat d'Arabella Young. Dieu seul savait comment réagirait cette femme ! Les doigts tremblants, il parvint à peine à composer le numéro du téléphone de la voiture de Sunday.

L'agent Jack Collins répondit. « Nous sommes devant la maison du secrétaire Shipman, monsieur, Mme Britland est à l'intérieur.

— Allez la chercher ! s'écria Henry. Dites-lui que je dois absolument lui parler.

— Tout de suite, monsieur. »

Plusieurs minutes s'écoulèrent avant que Collins ne revienne en ligne. « Monsieur, il semble y avoir un problème. Nous avons sonné à plusieurs reprises mais personne ne répond. »

Assis côte à côte sur le canapé de cuir du bureau, Sunday et Tommy regardaient fixement le canon d'un revolver. Droite et impassible sur sa chaise, Lillian West pointait l'arme vers eux. Le carillon de la porte d'entrée ne parut pas la troubler.

« Sans doute votre garde du palais », dit-elle d'un ton sarcastique.

Cette femme est folle, pensa Sunday en voyant les pupilles dilatées de la gouvernante. Elle est folle et aux abois. Elle sait qu'elle n'a plus rien à perdre en nous tuant, et elle est assez cinglée pour le faire.

Les hommes de la sécurité... Jack Collins et Clint Carr l'accompagnaient aujourd'hui. Que feraient-ils en constatant que personne ne répondait ? Ils allaient probablement forcer la porte.

Et au moment où ils entreront dans la pièce, elle nous abattra, Tommy et moi. J'en suis sûre.

« Vous avez tout pour vous, dit soudain Lillian West, s'adressant à Sunday d'une voix sourde et amère. Vous êtes belle, jeune, vous avez une situation importante, et vous êtes mariée à un homme fortuné et séduisant. J'espère que vous avez apprécié les moments que vous avez passés à ses côtés.

— Oui, répondit doucement Sunday. C'est un homme et un mari merveilleux, et j'ai l'intention de vivre longtemps avec lui.

— Navrée, vous n'aurez pas ce plaisir, et cela par votre faute. Tout ça n'aurait pas été nécessaire si vous ne vous étiez pas mêlée de cette histoire. Quelle importance s'il... » Les yeux de la gouvernante se tournèrent furtivement vers Tommy. « ... S'il s'était retrouvé en prison ? Il ne mérite pas le mal que vous vous donnez pour lui. Il m'a trompée. Il m'a menti. Il m'avait promis de m'emmener en Floride. Il devait m'épouser. » Elle se tut à nouveau, lança un regard noir à l'ancien secrétaire d'État. « Naturellement, il n'était pas aussi riche que les autres mais c'était largement suffisant. J'ai fouillé dans ses papiers et je suis au courant. » Un sourire flotta sur ses lèvres. « Et il est plus gentil que les autres, aussi, ce que j'appréciais particulièrement. Nous aurions pu être très heureux. »

« Lillian, je ne vous ai pas menti, intervint

Tommy. Rappelez-vous tout ce que je vous ai toujours dit, et je pense que vous en conviendrez. J'ai beaucoup d'affection pour vous, malgré tout, et je crois que vous avez besoin de soutien. Je vais faire en sorte que l'on s'occupe de vous. Sunday et moi ferons notre possible pour vous aider.

— Comment ? En me trouvant un autre poste de gouvernante ? Pour que je fasse le ménage, la cuisine, les courses ? Non merci ! J'ai renoncé à instruire de jeunes gourdes pour accomplir ce genre de corvées en espérant que quelqu'un finirait par s'intéresser à moi, par prendre soin de moi. En vain. Tous ces gens que j'ai servis m'ont toujours traitée comme une rien du tout. » Elle regarda Tommy droit dans les yeux. « Je croyais que vous seriez différent, mais je me suis trompée. Vous êtes comme tous les autres. »

Pendant qu'ils parlaient, la sonnette de l'entrée s'était tue. Sunday savait que les hommes de la sécurité trouveraient un moyen de s'introduire dans la maison et elle savait ce qui s'ensuivrait. Son sang se glaça dans ses veines. Après l'avoir introduite dans la maison, Lillian West avait rebranché l'alarme : « Je ne veux pas qu'un de ces journalistes vienne fourrer son nez ici. »

Si Jack ou Clint tente d'ouvrir une fenêtre, l'alarme va se déclencher, pensa Sunday, et Tommy et moi sommes fichus. Elle sentit la main de Tommy effleurer la sienne. Il se fait la même réflexion. Mon Dieu, que faire ? Elle avait souvent entendu l'expression « regarder la mort en face », mais c'était seulement maintenant qu'elle en comprenait la véritable signification. Henry ! Henry ! Ne laisse pas cette femme nous priver de notre vie ensemble !

La main de Tommy se referma sur la sienne. Son index pressait avec insistance le dos de sa main. Il essayait de lui communiquer quelque chose. Quoi ?

Henry était toujours en ligne, désireux de garder le contact avec l'agent de sécurité qui se trouvait à l'extérieur de la maison de Shipman. Son téléphone cellulaire à la main, Collins ne cessait de lui parler tout en contournant prudemment le bâtiment. « Monsieur, les rideaux sont tirés pratiquement dans toutes les pièces. Nous avons averti la police locale et ils devraient arriver d'un moment à l'autre. Clint est en train de grimper, derrière la maison, à un arbre dont les branches atteignent presque les fenêtres. Nous pourrions entrer par là. Le problème, c'est que nous ignorons dans quelle pièce ils se trouvent. »

Mon Dieu, pensa Henry. Il faudrait au moins une heure pour amener jusque-là le matériel capable de détecter leurs mouvements à l'intérieur. Il revit le visage de sa femme. Sunday ! Sunday ! Il aurait voulu voler à son secours. Envoyer l'armée. Se trouver sur place. Tout de suite. Il secoua la tête. Il ne s'était jamais senti aussi impuissant. Puis il entendit Jack Collins jurer rageusement.

« Que se passe-t-il ?

— Monsieur, les rideaux de la pièce à droite en façade viennent de s'ouvrir et je suis sûr d'avoir entendu des coups de feu à l'intérieur. »

« Cette pauvre idiote m'a donné l'occasion que j'attendais, disait Lillian West. Je savais que le temps me manquait, que je ne pourrais pas vous tuer à petit feu, comme je l'aurais voulu, mais c'était aussi bien comme ça. J'allais faire d'une pierre deux coups, me venger en même temps de vous et de cette horrible bonne femme.

— C'est donc vous qui avez tué Arabella ! s'exclama Tommy.

— Bien sûr que je l'ai tuée. Rien de plus facile. Voyez-vous, je ne suis pas partie ce soir-là. J'ai introduit Arabella dans cette pièce, suis montée vous réveiller, vous ai dit bonsoir, puis j'ai claqué la porte et je suis allée me cacher dans le bureau. J'ai tout entendu. Et je savais que le revolver était là, prêt à être utilisé. Quand vous êtes remonté péniblement à l'étage, je savais que vous n'alliez pas tarder à vous écrouler. » Un sourire mauvais étira ses lèvres. « Mes somnifères sont beaucoup plus efficaces que les vôtres. Ils contiennent quelques ingrédients particuliers. » Elle sourit à nouveau. « Pourquoi croyez-vous que votre rhume a diminué depuis cette fameuse nuit ? Parce que vous ne m'avez pas laissée venir chez vous et que je n'ai pas pu vous donner vos somnifères. Sinon, vous souffririez d'une pneumonie à l'heure qu'il est.

— Vous étiez en train d'empoisonner Tommy ? » s'indigna Sunday.

Lillian West lui jeta un regard furieux. « Je le punissais », dit-elle d'un ton résolu. Elle se retourna vers Tommy. « Vous sachant hors de combat dans votre chambre, j'ai regagné la bibliothèque. Arabella cherchait quelque chose sur votre bureau, et elle a eu un sursaut de surprise à ma vue. Elle a dit qu'elle cherchait les clefs de votre voiture, que vous ne vous sentiez pas bien et lui aviez demandé de rentrer seule chez elle et de ramener la voiture le lendemain matin. Puis elle m'a demandé pourquoi j'étais revenue puisque je leur avais souhaité le bonsoir à tous les deux. J'ai dit que je vous avais promis de remettre votre vieux revolver au commissariat de police, et que j'avais oublié de le prendre. La pauvre idiote est restée plantée là à me regarder le charger. Ses derniers mots furent : "N'est-il pas dangereux de le charger ? Je suis sûre que ce n'était pas l'intention de M. Shipman." »

Elle éclata d'un rire aigu, hystérique. Des larmes jaillirent de ses yeux et elle fut secouée de tremblements, mais elle maintint l'arme pointée dans leur direction.

Elle s'échauffe avant de nous tuer, se dit Sunday, consciente que leurs chances de s'en tirer étaient minces. Le doigt de Tommy pressait toujours le dos de sa main.

« N'est-il pas dangereux de le charger ? »

répéta Lillian West, imitant la voix d'Arabella, avant d'être reprise d'un rire rauque.

Elle cala la main qui tenait le revolver sur son bras gauche. Son rire cessa.

« Accepteriez-vous d'ouvrir les rideaux ? demanda Shipman. J'aimerais voir le soleil une dernière fois. »

Lillian West eut un sourire sans joie. « À quoi bon ? Vous verrez bientôt la lumière briller au bout du tunnel. »

Les rideaux, pensa Sunday. Voilà ce que Tommy tentait désespérément de lui faire comprendre. Hier, en abaissant le store de la cuisine, il avait mentionné que le système électronique qui actionnait les rideaux de cette pièce faisait un bruit de détonation lorsqu'on le mettait en marche. L'interrupteur qui le commandait était situé sur l'accoudoir du canapé. C'était leur seule chance.

Sunday pressa la main de Tommy pour lui indiquer qu'elle avait compris. Et, priant Dieu en silence, elle appuya furtivement sur le bouton.

Le bruit, semblable à une explosion, fit pivoter Lillian sur elle-même. Tommy et Sunday en profitèrent pour bondir du canapé. Tommy se précipita sur la femme, mais ce fut Sunday qui, d'un coup sec, parvint à détourner sa main vers le plafond au moment où elle tirait. Plusieurs coups partirent. Sunday sentit une brûlure sous son bras gauche. Impuissante à arracher le revolver des mains de son adversaire, elle se jeta sur elle, fit basculer la chaise sur laquelle elle était assise et roula à terre en même temps qu'elle. Un bruit de verre brisé signala l'arrivée tant attendue de ses deux gardes du corps.

Dix minutes plus tard, la blessure superficielle de son bras entourée d'un mouchoir, Sunday s'entretenait au téléphone avec un ex-président des États-Unis complètement bouleversé.

« Je vais bien, répéta-t-elle pour la quinzième fois. Parfaitement bien. Tommy aussi. On a emmené Lillian West hors d'ici, après lui avoir passé une camisole de force. Cesse de te faire du souci.

— Tu aurais pu être tuée », répétait Henry. Il ne voulait pas couper la communication. Il voulait entendre, entendre et entendre encore la voix de sa femme.

« Mais je suis vivante, répliqua Sunday. « Et, Henry, nous avions raison tous les deux. Aucun doute, c'était un crime passionnel. Nous avons seulement mis un peu longtemps à découvrir qui était animé de cette passion. »

ON A ENLEVÉ
LA FEMME DU PRÉSIDENT

« Le Bureau Ovale en ligne, monsieur le Président. » Henry Parker Britland IV soupira. La soirée s'annonçait pourtant si tranquille. Marvin Klein, son fidèle bras droit, ne pouvait s'empêcher d'appeler son successeur, l'actuel président des États-Unis, autrement que le « Bureau Ovale ».

Henry était assis à son bureau dans la bibliothèque de Drumdoe, sa résidence secondaire du New Jersey, lorsque l'appel lui parvint. Un soleil de fin d'après-midi filtrait à travers les hauts vitraux, illuminant les superbes boiseries gothiques de la pièce. Il avait entrepris de travailler à ses mémoires, mais s'était laissé aller à rêver. Sunday, qu'il avait épousée huit mois auparavant, était représentante au Congrès et se trouvait actuellement à Washington, et Henry avait hâte que les trois jours prochains soient passés, afin de se retrouver auprès d'elle.

Comme toujours, il se sentait plein d'impatience en songeant à Sunday. Aucune femme à ses yeux n'était aussi belle, intelligente, spirituelle et affectueuse. Il lui arrivait même de penser qu'elle était un rêve devenu réalité. Sa

Sunday : la ravissante blonde qui allait à prêter serment au Congrès et qu'il avait au dernier moment décidé de courtiser au cours de l'ultime réception donnée à la Maison-Blanche, quelques jours avant la fin de son second mandat. Avec un sourire involontaire, il se rappela sa réponse calme, légèrement réprobatrice :

« Hum-hum, le Bureau Ovale, monsieur le Président. »

Henry prit le récepteur. « Monsieur le Président », dit-il d'un ton chaleureux.

Il se représentait Desmond Ogilvey, Des, comme l'appelaient ses amis, assis à son bureau, l'allure d'un intellectuel, avec sa masse de cheveux blancs, sa longue silhouette mince et son sobre costume bleu marine.

Il savait que l'ancien vice-président n'avait jamais oublié que neuf ans plus tôt, Henry l'avait tiré de l'ombre. Lui, ce représentant junior du Wyoming, presque un inconnu, en l'associant à sa course à la présidence. Une décision contestée au début par les médias, qui l'avaient qualifiée de pari hasardeux.

« C'est peut-être un pari à vos yeux, avait rétorqué Henry, mais pour moi, voilà un homme qui a siégé au Congrès durant dix sessions, et à qui on peut attribuer la paternité de nombreuses lois, parmi les plus efficaces votées durant cette période. J'ai la ferme conviction que si je suis réélu, et qu'il m'arrive quelque chose au cours de mon mandat, je laisserai mon pays entre les mains les plus compétentes qui soient. »

Le silence après son salut se prolongeant de manière inhabituelle, Henry reprit : « Des ?

— Monsieur le Président », répondit Desmond Ogilvey, mais son ton n'avait pas sa note enjouée habituelle.

Henry comprit immédiatement qu'il ne s'agissait pas d'un appel comme les autres et abrégea les préliminaires : « Des ennuis, Des ? »

Encore un silence. Puis : « C'est à propos de Sunday. Henry, je regrette...

— *Sunday !* » Henry crut que sa respiration s'arrêtait. Il sentit son cœur se contracter, tous ses membres se figer.

« Henry, je ne sais comment vous l'annoncer. Il est arrivé une chose terrible. On vient de retrouver la voiture de Sunday, et votre femme a disparu. Ses gardes du corps ont été découverts inconscients, à l'intérieur du véhicule, de même que les occupants de la voiture qui les escortait. Apparemment sous l'effet d'un anesthésiant administré en quantité suffisante pour les immobiliser tous. Lorsqu'ils sont revenus à eux, Sunday n'était plus là.

— Un mobile apparent ? » Henry avait retrouvé son souffle et s'efforçait au calme. Il parlait d'un ton uni, conscient du regard de Marvin posé sur lui, actionnant machinalement la sonnerie qui avertissait les agents des services secrets qui attendaient au-dehors.

« Probablement. Le standard du Trésor a reçu un appel téléphonique. Le correspondant a prétendu détenir Sunday, ou du moins savoir où elle se trouvait. Vous seul pouvez nous préciser si l'appel est authentique. Sunday a-t-elle une vilaine ecchymose au bras droit, juste au-dessous du coude ? »

Henry hocha la tête. « Oui, souffla-t-il.

— Apparemment, elle ne l'avait signalé à aucun de ses collaborateurs car ils affirment ne pas être au courant. Cela signifie donc que l'appel est authentique.

— Elle a fait une chute de cheval samedi dernier », expliqua Henry, se remémorant l'instant de frayeur qu'il avait connu alors, bien différent de l'angoisse qui le gagnait en ce moment. Brusquement, il se rendit compte que les cinq agents des services secrets qui étaient en fonction ce jour-là faisaient cercle autour de son bureau. D'un signe de tête à Jack Collins, leur chef, il lui indiqua de décrocher le second combiné, sur la table, près du canapé de cuir rouge.

« Collins est sur l'autre poste, Des, dit-il. Sunday apprend depuis peu à monter à cheval. Lorsqu'elle s'est blessée, elle a dit qu'elle n'oserait jamais en parler à quiconque, de crainte que les journaux ne m'accusent de battre ma femme. » Il s'aperçut qu'il disait n'importe quoi. Il devait se concentrer. « Des, quelle somme demandent-ils ? Je vais rassembler l'argent immédiatement.

— J'aurais aimé qu'il s'agisse d'argent, Henry. Malheureusement, ils nous ont annoncé que si nous ne libérions pas Claudus Jovunet avant demain soir, nous pouvions commencer à draguer l'Atlantique à la recherche du corps de Sunday. »

72

Claudus Jovunet. Un nom qu'Henry Britland connaissait bien. Un terroriste particulièrement dangereux ; ancien mercenaire ; tueur à gages. Son crime le plus récent, celui qui avait enfin permis de le capturer, avait été de faire exploser en vol le jet de la compagnie Uranus Oil, tragédie qui avait coûté la vie à vingt-deux des principaux cadres de la société. Au terme d'une carrière sanglante d'une quinzaine d'années, Jovunet avait été finalement déféré à la justice, et purgeait plusieurs condamnations à perpétuité dans la prison fédérale de Marion, dans l'Ohio. Bien qu'Henry n'eût joué aucun rôle réel dans l'incarcération du terroriste, il s'était montré particulièrement satisfait qu'elle ait eu lieu pendant son mandat.

« Quelles sont les modalités de l'échange ? » demanda-t-il, sachant, au moment où la question franchissait ses lèvres, que Des ne pourrait accepter de voir le gouvernement céder aux exigences d'une organisation terroriste.

« Les instructions sont de faire monter Jovunet à bord du nouvel avion de transport supersonique. Comme vous le savez, ce dernier est exposé ici, à Washington, avant son vol inaugural. Ils exigent qu'il y ait seulement deux pilotes à bord. La seconde exigence est plus étrange : ils nous demandent d'approvisionner l'avion mais — je les cite — "nous pouvons nous dispenser du caviar". Le Président s'interrompit. « Ils donnent — je cite à nouveau — leur "parole d'honneur" qu'après l'atterrissage, les pilotes seront autorisés à fournir des détails par radio sur l'endroit où Sunday pourra être retrouvée "saine et sauve".

— Leur parole d'honneur ! s'exclama Henry amèrement. Oh, Sunday ; Sunday ! »

Il jeta un coup d'œil à Jack Collins qui articulait silencieusement le mot « armes ».

« Quelle sorte d'armes demandent-ils, Des ?

— Aucune, curieusement. Si nous pouvons croire ces gens...

— Pouvons-nous les croire ? » l'interrompit Henry.

Des soupira. « Nous n'avons pas le choix.

— Que comptez-vous faire ? » Henry retint son souffle, redoutant à l'avance ce qu'il allait entendre.

« Henry, Jerry se trouve ici avec moi... » Il s'agissait de Jeremy Thomas, le secrétaire au Trésor.

Henry intervint à nouveau : « Des, combien de temps pouvons-nous faire traîner les choses tout en donnant l'impression de jouer leur jeu ?

— Un nouveau message sera en théorie adressé à l'un de nos ministères à cinq heures. Nous pourrons probablement atermoyer jusqu'à jeudi. Heureusement, le *Washington Post* a publié un article ce matin selon lequel le nouvel avion devait subir plusieurs modifications mineures avant d'effectuer son vol inaugural vendredi. » Il se tut un instant. « Et pour vous rassurer, sachez que nous avons bel et bien l'intention de procéder à l'échange. »

Parcouru d'un long frisson, Henry se laissa aller à respirer profondément pour la première fois depuis plusieurs minutes. Il consulta sa montre. Il était quatre heures de l'après-midi. Mercredi. Avec un peu de chance, ils disposaient de vingt-quatre heures. « Je pars immédiatement », dit-il.

Tom Wyman, le second de Collins, rompit le silence qui suivit le déclic du téléphone. « L'hélicoptère attend, monsieur. L'avion est prêt pour un départ immédiat. »

Pendant un long moment, elle se sentit tellement désorientée qu'elle dut faire un effort pour se rappeler son propre nom. Où suis-je ? se demanda-t-elle, prenant peu à peu conscience qu'il s'était passé quelque chose d'anormal. Sa sensation première fut qu'elle était ligotée. Ses bras et ses jambes étaient douloureux, mais elle éprouvait de surcroît une sorte d'engourdissement. Il lui semblait que son corps était solidement maintenu. Elle bougea un peu et une image lui revint à l'esprit : des serviettes et des draps qui claquaient au vent d'hiver sur le toit de la maison de sa grand-mère dans le New Jersey. Des cordes à linge. Les cordes rugueuses qui l'enserraient ressemblaient aux cordes à linge d'autrefois.

Elle se sentait étourdie, la tête bizarrement lourde, comme compressée par un roc. Elle se força à ouvrir les yeux, mais ne vit rien. Avec un sursaut d'effroi, elle se rendit compte qu'elle avait la tête et le visage enveloppés d'une étoffe épaisse et rêche qui lui grattait la peau et lui tenait chaud.

Mais le reste de son corps était glacé. Ses bras en particulier. Elle remua un peu et constata qu'elle n'avait pas sa veste. Le mouvement réveilla une douleur dans son bras droit, à l'endroit où la corde frottait sur l'ecchymose qu'elle s'était faite en tombant de cheval.

Sunday évalua rapidement la situation. Bon, j'ai une toile de sac ou un truc similaire sur la tête, et je suis ficelée comme une dinde de Noël, dans une pièce glaciale. Mais où ? Et qu'est-il arrivé ? Elle ne se souvenait de rien. Avait-elle eu un accident ? Se trouvait-elle dans une salle d'opération, attachée sur la table, au milieu d'une intervention ?

Puis la mémoire lui revint : quelque chose était arrivé dans la voiture.

C'était ça ! Quelque chose était arrivé dans la voiture. Quoi ?

Elle s'efforça de rassembler ses souvenirs, de passer calmement en revue les événements de la journée. La séance à la Chambre avait été levée à trois heures. Art et Leo l'attendaient comme à l'accoutumée à l'extérieur du vestiaire. Elle n'était pas retournée à son bureau comme elle le faisait habituellement, car elle devait assister à une réception à l'ambassade de France et passer auparavant chez elle pour se changer. Ils étaient donc montés tous les trois en voiture et avaient traversé la ville. Et ensuite ?

Sunday tenta de refouler le gémissement qui lui montait aux lèvres. Elle s'était toujours flattée d'être dure au mal. Sans raison, elle se rappela le jour où, à l'âge de neuf ans, elle avait glissé d'une barrière dans la cour de l'école. Elle avait vu le sol se rapprocher brusquement avant de sentir son front heurter le gravier. Elle n'avait pas versé une larme. Elle n'allait tout de même pas pleurer aujourd'hui ! Certes, la présence de garçons assistant à sa chute l'avait alors aidée à contenir ses larmes. Aujourd'hui, elle était seule.

Non, il n'était pas question de se laisser aller. Réfléchir ; elle devait réfléchir. Quand l'accident était-il arrivé ? Elle retraça mentalement le déroulement des faits. Art lui avait ouvert la portière arrière de la voiture et avait attendu qu'elle soit montée. Ensuite, il s'était glissé à côté de Leo, qui avait pris place au volant. Elle avait fait un signe de la main à Larry et à Bill, qui attendaient dans la voiture derrière eux.

La neige avait cessé de tomber, mais les rues étaient encore glissantes et dangereuses. Ils avaient vu un ou deux accrochages sur leur trajet. En dépit de l'heure, il faisait noir dehors, et Sunday avait allumé la lampe de lecture pour étudier les notes qu'elle avait prises pendant le discours du président de l'Assemblée. Soudain, il y avait eu un bruit violent, une sorte d'explosion sourde. Oui, une explosion !

Elle avait levé la tête. Elle se souvenait qu'ils avaient dépassé le Kennedy Center et se trouvaient presque à la hauteur du Watergate. Le visage d'Art. Elle l'avait vu se retourner vers elle, puis regarder par la vitre arrière la voiture qui les suivait. Il avait hurlé : « Accélère, Leo ! »

Mais sa voix s'était affaiblie. Sunday n'aurait pu préciser s'il s'était tu ou si c'était elle qui avait cessé de l'entendre, car elle se rappelait s'être soudain sentie très faible.

Oui, elle avait essayé de se redresser au moment où la voiture s'arrêtait. La portière de son côté s'était ouverte. Elle n'avait pas d'autre souvenir.

C'était suffisant, cependant, pour la convaincre qu'elle n'était pas dans un hôpital. Il ne s'agissait pas d'un accident. Non, le hasard n'y était pour rien. Elle avait été enlevée.

Mais par qui ? Et pourquoi ?

Où qu'elle fût, l'endroit était humide et froid. Le capuchon sur son visage l'empêchait de s'orienter. Elle secoua la tête, tentant de s'éclaircir les idées. L'effet du produit utilisé par ses ravisseurs pour l'endormir commençait à se dissiper, bien qu'elle eût encore la tête horriblement lourde. Elle savait une chose : elle était solidement attachée à ce qui semblait être une chaise de bois. Était-elle seule ? Elle n'aurait pu l'assurer. Elle avait l'impression d'une présence proche. Peut-être quelqu'un l'observait-il ?

Elle songea soudain aux agents des services secrets Art et Leo. Se trouvaient-ils là, eux aussi ? Sinon, que leur était-il arrivé ? Elle savait qu'ils auraient tout fait afin de la protéger. Pitié, mon Dieu, faites qu'ils n'aient pas été tués, pria-t-elle en silence.

Et Henry ! Il devait être fou d'angoisse. À moins qu'il n'ignorât encore qu'elle avait disparu. Combien de temps s'était-il écoulé depuis son enlèvement ? Quelques minutes ou plusieurs jours ? Et quelle en était la raison ? Quel avantage quelqu'un pouvait-il en tirer ? Si c'était une question d'argent, Henry paierait n'importe quelle somme. Mais elle avait l'intuition que l'argent n'entrait pour rien dans l'histoire.

La gorge de Sunday se serra. Il y avait bien quelqu'un ici, dans la pièce, avec elle. Elle entendait une faible respiration, de plus en plus près. Quelqu'un se penchait au-dessus d'elle. Des doigts épais, insistants, suivaient les contours de son visage à travers l'étoffe, caressaient son cou, pénétraient dans ses cheveux.

Une voix rauque qu'elle avait peine à entendre chuchota : « Ils sont tous à votre recherche. Exactement comme prévu. Votre mari. Le Président. Les services secrets. En ce moment même, ils remuent ciel et terre. Mais ils tournent en rond, comme des souris aveugles. Oui, comme les trois souris aveugles de la chanson. Et ils ne vous trouveront pas. Du moins, pas avant la marée montante, et alors ça ne servira plus à rien. »

Henry ne prononça pas un mot durant le vol vers Washington. Il resta seul dans le compartiment privé de l'appareil, repassant en esprit ce que l'on savait de l'enlèvement de Sunday et ce que l'on pouvait en déduire. Il devait refouler les émotions qui bouillonnaient en lui, se forcer à analyser froidement la situation, de la même façon qu'il avait étudié quantité de cas critiques durant ses deux mandats présidentiels. Faire usage de la raison, sans se laisser déborder par les sentiments. Voir les choses comme le ferait un chirurgien, lucidement.

Mais, avec un douloureux pincement au cœur, Henry se rappela qu'excepté en cas d'extrême urgence, aucun chirurgien ne pratiquait d'intervention sur sa femme, de crainte que l'émotion ne brouille ses décisions.

Une bribe de poésie lui traversa l'esprit : « Ces mains mortelles qui par amour se sont posées comme une musique sur ta gorge. Mais la musique de l'âme est délicate, lointaine... » Il en avait oublié l'auteur, mais d'une certaine manière ces mots lui paraissaient appropriés à l'instant présent.

Il pensa à Sunday, à la façon dont elle s'endormait comme un bébé alors qu'il restait quelquefois plongé dans ses lectures jusqu'au milieu de la nuit. Parfois elle somnolait tandis qu'il lui lisait un passage à haute voix, ou relevait une absurdité dans l'un des nombreux journaux qu'il parcourait quotidiennement.

Pas plus tard que samedi dernier, il s'apprêtait à lui faire part d'une réflexion quand il s'était aperçu qu'elle dormait déjà. Il lui avait effleuré le cou, espérant inconsciemment la réveiller.

Elle avait soupiré et, dans son sommeil, s'était détournée de lui, les mains sous sa joue, ses cheveux blonds répandus autour d'elle. Elle était si belle qu'il était resté une demi-heure à la contempler, comme hypnotisé.

Ils avaient pris leur petit déjeuner tôt, le lendemain matin, avant qu'elle ne s'envole pour Washington. Henry se souvint qu'il l'avait taquinée, feignant de lui reprocher de l'avoir repoussé la nuit précédente. Elle avait ri et répliqué qu'elle avait toujours eu le sommeil profond, tout simplement parce qu'elle avait la conscience tranquille. Et lui, quel était son problème ? avait-elle demandé avec un sourire malicieux.

Il avait répondu qu'elle était la seule coupable, qu'il l'aimait tellement que même dormir à ses côtés lui semblait une perte de temps. Elle s'était contentée de sourire : « Ne t'inquiète pas, nous avons la vie devant nous. »

Il secoua la tête, frappé par l'ironie cruelle que ces mots revêtaient maintenant. Oh, Sunday, te reverrai-je jamais ? pensa-t-il, se laissant aller à un rare accès de faiblesse.

Ça suffit ! se reprit-il. Ce n'est pas en rêvassant que tu risques de la retrouver. Il pressa le bouton d'appel sur l'accoudoir de son fauteuil. Quelques secondes plus tard Marvin et Jack se trouvaient assis en face de lui.

Il avait d'abord pensé laisser Marvin Klein dans le New Jersey, au cas où les ravisseurs chercheraient à établir un contact direct, mais Marvin avait insisté pour l'accompagner et Henry s'était incliné. « Ma place est auprès de vous, monsieur, avait plaidé Marvin. Sims nous transmettra les appels. Il reste en liaison permanente avec nous. »

Sims, maître d'hôtel à Drumdoe depuis trente-quatre ans, entré au service de la famille Britland alors qu'Henry avait à peine dix ans, avait dit : « Vous savez que vous pouvez compter sur moi, monsieur. » Il s'était exprimé avec son calme habituel, malgré les larmes qui brillaient dans ses yeux. Henry connaissait l'affection que Sims portait à Sunday.

À présent, il se félicitait d'avoir emmené Marvin avec lui. Son approche claire et précise des problèmes serait la bienvenue. C'était cette qualité particulière qui avait incité Henry à promouvoir le jeune homme qui avait fait partie de son comité de soutien au moment de son élection au Sénat, quinze ans auparavant.

Marvin devança sa question : « Pas de nouveau contact, monsieur. La standardiste du Trésor qui a reçu l'appel a été assez maligne pour en référer immédiatement à ses supérieurs, si bien que la nouvelle de l'enlèvement ne s'est pas ébruitée. Pour l'instant, il n'y a aucune indication d'une fuite. »

Jack Collins, le chef de l'équipe des services secrets, aurait pu passer pour un ailier dans une équipe de football. Inébranlable, modèle de discipline, lui aussi avait un faible évident pour Sunday. La colère et l'indignation étaient nettement perceptibles dans sa voix tandis qu'il mettait brièvement Henry au courant de ce qu'ils savaient jusqu'à présent.

« Personne n'a assisté à l'enlèvement, monsieur. Apparemment, la voiture de Sunday... je veux dire de Mme Britland... et la voiture d'escorte avaient été équipées d'un système commandant l'explosion d'une bouteille d'un gaz anesthésiant. Il a pu être actionné à distance, étant donné la rapidité avec laquelle les ravisseurs sont arrivés sur les lieux. Malgré l'heure, il semble qu'il n'y ait eu aucun témoin, mais de nombreux bureaux et magasins avaient fermé plus tôt qu'à l'habitude à cause des chutes de neige, et la circulation était réduite.

— Pensent-ils que Sunday aurait pu être blessée dans l'explosion ?

— Non, tout comme Art et Leo, les agents qui l'accompagnaient, elle s'est sans doute évanouie, mais l'explosion en soi n'a pas été violente. Les voitures ont ralenti dès que le dispositif a fonctionné, et le gaz a immédiatement paralysé leurs occupants. Quand nos hommes sont revenus à eux, ils se sont uniquement souvenus de s'être sentis étourdis et d'avoir très vite perdu connaissance.

— Mais comment a-t-on pu s'approcher des voitures pour y installer ces bombes ? N'étaient-elles pas garées dans un endroit sûr ? demanda Henry.

— Nous n'en sommes pas certains à cent pour cent, monsieur. Le procédé n'était pas très sophistiqué — le genre de truc que n'importe qui peut fabriquer à partir de matériel acheté dans un magasin de bricolage. Le gaz, par contre, c'est une autre affaire. Les types du labo sont en train de l'analyser, et on ignore toujours d'où il provient. Il est possible que les dispositifs aient été glissés sous les voitures pendant qu'elles étaient momentanément stationnées dans le parc gardé du Capitole ; un simple aimant les maintenaient en place.

— Et personne n'a rien vu ?

— Jusqu'à présent, nous n'avons aucun

témoin. On a appris que l'appartement d'un gardien du parking avait été cambriolé et son uniforme volé. Il faut dire que la voiture de Mme Britland est d'un modèle si courant qu'elle n'attire pas l'attention et qu'elle a démarré immédiatement. Les passants n'ont remarqué que l'autre voiture restée sur place avec les deux agents inconscients. »

Henry savait déjà que la voiture de Sunday avait été retrouvée près du Lincoln Memorial. Naturellement, se dit-il avec amertume, qui se serait intéressé à une voiture tout ce qu'il y a de plus banal ? C'était une idée à lui. « Pas de limousine, avait-il dit. Elles attirent trop l'attention. » Non, pour Sunday il avait fait installer un équipement dernier cri dans une familiale ordinaire.

Au temps pour mes petites astuces ! Je me croyais malin ? Raté ! Si la voiture de Sunday avait été une limousine, sa présence au bord de la route ne serait pas passée inaperçue.

Mais il fallait ajouter que Sunday aimait ce genre de voiture. Elle aurait refusé d'aller rendre visite à ses parents en limousine, par exemple. Henry s'aperçut brusquement que dans sa hâte il avait oublié d'avertir le père et la mère de Sunday. Je dois les prévenir au plus tôt, décida-t-il. Je ne veux pas qu'ils l'apprennent d'une autre bouche que la mienne. « Appelez-moi les parents de Sunday », dit-il à Klein.

Lorsqu'il raccrocha après leur avoir parlé, il resta perdu dans ses pensées. Pas la peine d'aller plus loin pour comprendre de qui Sunday tenait son cran.

Le téléphone sonna, le tirant de sa réflexion. Il écarta d'un geste impatient la main tendue de Marvin et décrocha le récepteur. C'était Desmond Ogilvey, qui en vint tout de suite au fait : « Henry, je suis navré. Le ou les kidnappeurs de Sunday ont appelé CBS. Dan Rather vient de nous contacter. Il est au courant de tous les détails, ce qui prouve l'authenticité de l'appel. Nous l'avons prié de ne pas divulguer la nouvelle pour le moment et il a accepté. Mais s'il y a la moindre fuite, il diffusera l'information.

— S'ils ont prévenu Rather, c'est qu'ils recherchent la publicité, dit Henry.

— Non, pas d'après l'individu que Dan Rather a eu en ligne. Il a déclaré vouloir tester l'intégrité des médias. Je me demande ce que ça veut dire...

— Quand l'appel a-t-il eu lieu ?

— Il y a moins de dix minutes. Je vous ai téléphoné immédiatement après avoir raccroché. Où vous trouvez-vous ?

— Nous commençons notre descente vers National Airport.

— Venez directement ici. Une escorte de police vous attend. »

Vingt minutes plus tard, toujours accompagné de Marvin Klein et de Jack Collins, Henry franchissait le seuil du bureau Ovale. Des Ogilvey était assis à sa table, le sceau présidentiel accroché au mur derrière lui. Le secrétaire au Trésor, l'attorney général, et les directeurs du FBI et de la CIA étaient assis en demi-cercle autour du Président. Ils se levèrent tous à l'entrée d'Henry.

Il était six heures vingt. « Il y a eu un autre message, Henry, dit Ogilvey. Apparemment, les ravisseurs jouent au chat et à la souris avec nous. Ils ont rappelé Rather et exigé qu'il diffuse leurs exigences. Ils ont fourni une preuve de leur détermination. »

Un instant il détourna les yeux. Puis, regardant Henry droit dans les yeux, il ajouta : « On a trouvé le portefeuille de Sunday et une mèche de ses cheveux sur le comptoir de Delta Airlines au National Airport. » Desmond Ogilvey baissa la voix. « Henry, les cheveux dans l'enveloppe étaient trempés d'eau de mer. »

En sentant qu'on ôtait le capuchon qui lui couvrait la tête, Sunday avait pris une profonde inspiration avant d'ouvrir les yeux, espérant voir de près son ravisseur. Mais la pièce était peu éclairée et elle avait du mal à distinguer ce qui l'entourait. L'homme portait une robe de type monacal avec un capuchon rabattu qui dissimulait en grande partie son visage.

Il dénoua les cordes qui la maintenaient à sa chaise. Puis, desserrant un peu celles qui lui entravaient les pieds, il l'aida à se mettre debout. Elle n'avait plus ses chaussures, et le sol lui parut froid. L'homme était de huit ou dix centimètres plus grand qu'elle, remarqua-t-elle. Environ un mètre quatre-vingts. Ses yeux gris foncé, étroits et enfoncés, avaient un regard rusé, mauvais, plus effrayant encore du fait qu'il brillait d'intelligence. Elle sentit la force de ses mains et de ses bras quand il la fit pivoter sur elle-même en disant : « Je suppose que vous voulez utiliser les toilettes. »

Trébuchant, elle s'efforça mentalement d'évaluer la situation. Visiblement, elle se trouvait dans un sous-sol. Il faisait horriblement froid, et l'air avait cette odeur humide de renfermé qui stagne généralement dans les endroits privés de soleil et d'aération. Le sol était recouvert d'un ciment inégal et fissuré. Outre la chaise, il y avait un téléviseur portable, avec une antenne en forme d'oreille de lapin inclinée.

La tenant fermement par le bras, l'homme la guida à travers l'obscurité de la pièce. Sunday grimaça en sentant une aspérité du ciment lui piquer la plante du pied. Il la conduisit le long d'un étroit couloir qui menait à un escalier ; ils s'arrêtèrent devant un réduit derrière les marches. La porte était ouverte, et elle distingua des toilettes et un lavabo à l'intérieur.

« Vous pouvez rester seule, mais n'essayez pas de jouer au plus fin avec moi, dit-il. Je resterai ici, la main sur la porte. Je vous ai fouillée, naturellement, avant de vous amener ici. Je sais que les femmes cachent parfois des armes ou des bombes lacrymogènes parmi leurs bijoux.

— Je n'ai rien sur moi.

— Oh, j'en suis sûr ! fit-il. Peut-être n'avez-vous pas remarqué que je vous ai débarrassée de vos bijoux. Je suis un peu surpris qu'hormis votre alliance en or, vous ne possédiez rien de précieux. J'aurais cru que notre riche ex-président se serait montré plus généreux envers son adorable jeune épouse. »

Sunday songea brièvement aux bijoux de famille des Britland qui lui appartenaient désormais. « Ni mon mari ni moi ne nous intéressons aux signes extérieurs de richesse », répliqua-t-elle, retrouvant son caractère combatif, en dépit de ses membres douloureux et du souci qu'elle se faisait à la pensée qu'Henry devait être mort d'angoisse.

Seule dans le réduit des toilettes, elle s'aspergea la figure. Un filet crachotant s'échappait du robinet d'eau chaude ; elle en apprécia néanmoins le contact sur sa peau. Une ampoule nue pendait du plafond — certainement pas plus de vingt-cinq watts — dispensait juste assez de lumière pour lui permettre de voir, dans le miroir écaillé et crasseux au-dessus du lavabo, son visage pâle et chiffonné. Elle s'apprêtait à détourner les yeux quand elle s'aperçut qu'il y avait autre chose ; comme un changement chez elle. Mais quoi ?

Elle scruta ses traits pendant quelques secondes avant de constater qu'une mèche de ses cheveux avait été maladroitement coupée sur le côté gauche, laissant un trou dans sa coupe parfaite.

Pourquoi m'avoir coupé les cheveux ? se demanda-t-elle.

Un frisson la parcourut, sans rapport avec la température glaciale de sa prison. Son ravisseur avait un aspect tellement étrange. On eût dit un robot programmé pour mettre à exécution des directives précises, impitoyables. Un robot programmé par lui-même. Il n'agissait sur l'ordre de personne. Qui était-il, et quel profit espérait-il retirer de son acte ?

On frappa à la porte. « Je vous conseille de vous hâter, madame la Représentante. Dans une minute, la télévision va diffuser une émission qui risque fort de vous intéresser. »

Elle poussa la porte branlante. L'homme la prit par le bras d'un geste presque courtois : « Je ne voudrais pas que vous trébuchiez. »

Alors qu'elle se laissait conduire tant bien que mal à travers le sous-sol, Sunday crut humer une odeur de bacon frit. Y avait-il quelqu'un en haut ? Combien de personnes participaient à cette opération ? Lorsqu'ils atteignirent la chaise, l'homme accentua la pression de sa paume sur son épaule, lui indiquant qu'elle devait s'asseoir.

Avec des mouvements vifs et précis, il la ligota à nouveau contre le dossier, prenant soin néanmoins de lui laisser les bras libres. « Il est six heures et demie, dit-il. Vous devez avoir faim. Mais d'abord je veux que vous regardiez l'émission de Dan Rather. J'espère pour vous qu'il a suivi nos instructions. »

Le journal du soir de CBS commençait. Dan Rather, l'air plutôt tendu, annonça l'information principale : « La représentante du New Jersey au Congrès, Sandra O'Brien Britland, plus connue sous le surnom de Sunday, épouse de l'ancien Président Henry Parker Britland, a été kidnappée. Son ou ses ravisseurs exigent que le terroriste international Claudus Jovunet soit conduit à bord du nouvel avion présidentiel supersonique et transporté vers un lieu pour l'instant indéterminé. Les instructions stipulent que seuls deux pilotes seront autorisés à monter dans l'avion. Si ces conditions ne sont pas remplies, les ravisseurs menacent de jeter Mme Britland dans l'Atlantique. Je me suis entretenu avec l'ancien Président qui se trouve actuellement dans le bureau Ovale avec son successeur, Desmond Ogilvey. Il m'a assuré que ces exigences seront satisfaites et que le gouvernement coopérera pleinement afin d'assurer la sécurité de son épouse. »

Le ravisseur de Sunday sourit. « Je parie qu'ils vont parler plus longuement de vous. Je laisse la télévision en marche pendant que je vais chercher votre dîner. Profitez bien de l'émission ! »

Sunday riva son regard sur l'écran au moment où Dan Rather disait : « Nous nous mettons en communication directe avec la Maison-Blanche, où l'ancien Président va faire une déclaration à l'intention des ravisseurs de sa femme. »

Quelques secondes plus tard, Sunday regardait, impuissante, le visage de son mari ravagé par l'inquiétude. Le son lui parut soudain changé, et elle dut se pencher pour entendre.

La vibrante supplication d'Henry fut alors couverte par l'écho d'une chanson. Sunday aurait juré entendre deux voix, une voix d'homme et une voix de femme, peut-être celle d'une vieille femme. Elle parvenait à peine à distinguer les paroles. « ... Souris... », saisit-elle, et elle comprit. « Trois souris aveugles, voyez comme elles courent[1]... »

« ... Elles courent après la femme du fermier », termina-t-elle mentalement.

Mais ce n'était pas ce qu'elle entendait. Les voix, plus fortes, maintenant, plus proches, venaient de l'escalier.

« Trois souris aveugles courent après la femme du Président... »

La chanson cessa net. Elle entendit la voix de son ravisseur : « Très bien ; remonte, maintenant. »

Un instant plus tard, il apparaissait devant elle, portant un petit plateau.

« Faim ? demanda-t-il d'un ton aimable. Ma mère n'est pas très bonne cuisinière, mais elle a fait de son mieux. »

Refoulant ses larmes, Henry Britland se détourna de la caméra. La salle de presse, normalement pleine de brouhaha, était singulièrement silencieuse. La compassion se lisait dans tous les yeux.

Le regard empli de pitié, Jack Collins se dit que tout le monde ici partageait la même pensée. Henry Britland IV pouvait être l'un des hommes les plus séduisants, les plus intelligents, les plus riches et les plus charismatiques

1. Chanson enfantine traditionnelle, du genre *Une souris verte... (N.d.T.)*

du monde, plus rien n'aurait de sens pour lui s'il perdait Sunday.

« Je n'ai jamais vu un type aussi amoureux de sa femme », murmurait à sa voisine un jeune conseiller de la Maison-Blanche. Tu as raison, pensa Collins, mille fois raison. Que Dieu lui vienne en aide.

Le président Ogilvey avait rejoint Henry. « Allons dans la salle du Conseil », dit-il, le prenant par le bras.

Impatiemment, Henry essuya les dernières traces de larmes dans ses yeux. Il faut que je me reprenne, se dit-il. Je dois me concentrer, utiliser mes méninges pour retrouver Sunday. Sinon, j'aurai le reste de ma vie pour la pleurer.

Dans la salle du Conseil, ils s'assirent autour de la longue table, ainsi qu'ils l'avaient fait si souvent, Des et lui, durant ses huit années de présidence. Le cabinet au complet les avait rejoints à présent, y compris le chef d'état-major des armées et les directeurs de la CIA et du FBI.

Le président Ogilvey donna la parole à Henry. « Nous savons tous pourquoi nous sommes ici, Henry. À vous de parler. »

« Merci à vous d'être venus, dit celui-ci rapidement. Soyez sûrs que je comprends vos sentiments, tout comme je sais que vous comprenez les miens. Venons-en au plan d'action. Je veux d'abord vous dire combien je suis touché que le Président ait accepté d'échanger Jovunet contre ma femme. Je sais aussi qu'il nous faudra le reprendre dès qu'elle sera libérée. Notre gouvernement ne peut se permettre de céder devant des menaces terroristes ou des prises d'otages. »

Un assistant s'approcha sur la pointe des pieds et murmura quelques mots à l'oreille du Président. Ogilvey haussa les sourcils. « Henry, le Premier ministre britannique est en ligne. Il exprime ses profonds regrets et nous offre toute l'aide dont nous pourrions avoir besoin. »

Henry hocha la tête. Pendant un court instant il se remémora son séjour à Londres avec Sunday. Ils étaient descendus au Claridge. La reine les avait invités à dîner au château de Windsor. Il avait été si fier de Sunday. Elle était la plus charmante, la plus jolie femme de l'assemblée. Ils étaient si heureux...

Avec un sursaut, il se rendit compte que Des s'adressait à nouveau à lui : « Henry, Sa Majesté veut vous parler en personne. Le Premier ministre nous confie qu'elle est sincèrement peinée.

Henry saisit le téléphone qu'on lui présentait, et une seconde plus tard il entendit la voix familière de la souveraine de Grande-Bretagne.

« Votre Majesté... », commença-t-il.

Un autre assistant parlait tout bas au président Ogilvey. « Monsieur, nous avons promis que vous répondriez en personne aux appels des présidents égyptien et syrien. L'un et l'autre affirment qu'ils n'ont connaissance d'aucune organisation terroriste basée sur leur territoire susceptible d'avoir un rapport quelconque avec l'enlèvement, et tous deux proposent d'utiliser leurs unités d'élite pour soutenir vos efforts en vue de retrouver Mme Britland saine et sauve.

« Nous avons reçu des appels de nombreux autres chefs d'États, monsieur, continua le jeune homme. Le président Rafsandjani a même téléphoné pour dire qu'en dépit de la phrase : "Nous pouvons nous dispenser du caviar", l'Iran n'est en aucune manière impliqué dans ce malheureux incident. Jusqu'à plus ample informé, Jovunet semble être un apatride. Reste donc à ceux qui tirent les ficelles de cette histoire à se manifester, et à indiquer qu'ils sont prêts à l'accueillir. »

Ogilvey jeta un coup d'œil à Henry. Il leur fallait passer à l'action, il n'y avait plus de temps à perdre.

Henry tentait de mettre fin à sa communication avec la reine. « Je vous suis profondément reconnaissant, Votre Majesté, et je vous promets que très bientôt Sunday et moi accepterons avec joie l'honneur de dîner à nouveau avec vous. »

Sa conversation terminée, Henry se tourna vers son successeur : « Des, je sais ce que je vais faire. Je vais prendre l'avion et aller immédiatement m'entretenir avec Jovunet dans sa prison de Marion. Je le ramènerai ici. Il est la clé de toute l'affaire. Peut-être parviendrai-je même à recueillir des indications sur ceux qui sont derrière tout ça.

— Excellente idée, approuva gravement le directeur du FBI. Je n'ai pas oublié, monsieur, que vos talents de négociateur sont sans égal. » Conscient que ce genre de remarque était malvenue, particulièrement dans cette salle, il porta la main à sa bouche et toussa.

rendre, je n'aimerais pas avoir à vous porter jusqu'à l'endroit où je vous abandonnerai.

— Attendez une minute avant de m'attacher les bras, demanda vivement Sunday. Vous avez gardé ma veste. Il fait horriblement froid ici. Laissez-moi la remettre. »

Feignant de ne pas l'avoir entendue, il ramena ses bras en arrière et lui lia les poignets, joignant étroitement ses paumes. Sunday serra les dents en sentant un élancement douloureux parcourir son épaule droite.

Même dans la pénombre, son ravisseur n'avait pu manquer de voir ou de deviner sa réaction. « Je ne désire pas vous faire mal inutilement, lui dit-il, relâchant un peu la tension. Et vous avez raison, il fait glacial en bas. Je vous apporterai une couverture. »

Puis il se baissa pour ramasser quelque chose sur le sol. Sunday tourna la tête et étouffa une protestation. C'était l'affreux capuchon qu'elle portait à son réveil. Cet homme était étrangement aimable avec elle, mais elle ne lui faisait pas confiance. Toute cette histoire paraissait tellement bizarre. Elle avait le sentiment pénible qu'il jouait avec elle, que quelque chose d'horrible l'attendait. La perspective de se retrouver avec cette coiffe étouffante sur la tête faillit la faire hurler, mais elle se retint. Elle n'allait pas lui donner la satisfaction de la voir perdre son contrôle.

Elle prit au contraire son ton le plus posé : « Pourquoi ai-je besoin de ce truc ? Il n'y a vraiment pas grand-chose à voir ici, et je ne risque pas de faire signe à un passant. »

Le bacon frit était pratiquement carbonisé. Le toast, froid et dur, rappela à Sunday les piètres talents culinaires de sa grand-mère. Granny n'avait jamais voulu renoncer à son antique grille-pain, attendant que des nuages de fumée indiquent le moment de retourner les toasts. Quand un côté était proprement calciné, elle raclait consciencieusement la surface noircie au-dessus de l'évier et servait avec entrain ce qu'il restait.

Mais Sunday avait faim et, si médiocre que fût son repas, il était au moins reconstituant. Par ailleurs, le thé était très fort, exactement comme elle l'aimait. Il l'aida à dissiper le brouillard qui lui obscurcissait les idées. La sensation d'irréalité s'estompait, et elle commençait à prendre conscience du sérieux de la situation. Il ne s'agissait ni d'un cauchemar ni d'une mauvaise plaisanterie. L'homme en robe de moine, soit seul, avec l'aide de complices, était parvenu à trafiquer sa voiture, qui était pourtant restée pratiquement en permanence dans une zone de sécurité, à mettre hors de combat les agents des services secrets, et à l'enlever.

Le rapt a sans doute eu lieu peu après trois heures, réfléchit-elle. Dan Rather est passé à l'antenne à six heures trente, et il doit être plus de sept heures à présent. Cela signifie que je suis consciente depuis moins d'une heure. Depuis combien de temps suis-je ici et quelle distance avons-nous parcourue. Tous ces éléments rassemblés, Sunday en conclut qu'elle se trouvait probablement près de Washington. Vu les conditions atmosphériques, on n'avait pu la conduire très loin hors de la ville.

Mais où suis-je donc ? Et quel est cet endroit ? La maison où il habite ? C'est possible. Et combien sont-ils ? Jusqu'ici, elle avait vu uniquement l'homme habillé en moine et entendu une voix qui semblait appartenir à une vieille femme. Toutefois, rien ne prouvait qu'*** étaient seuls. Il était peu plausible mais possible que cet homme ait agi sans l'aide de personne. Il était apparemment très fort ; il pouvait l'avoir sortie seul de la voiture où elle gisait, inerte, pour la transporter dans la sienne.

Puis la question essentielle jaillit dans son esprit encore embrumé : qu'allaient-ils faire d'elle ?

Elle baissa les yeux vers le plateau où étaient disposées sa tasse et son assiette, placé en équilibre sur ses genoux. Elle aurait voulu se pencher et le poser par terre mais la douleur sourde de son épaule empirait, sans doute accrue par la pression de ses liens et le froid humide qui régnait dans la cave. À l'évidence, elle souffrait d'autre chose que d'une simple ecchymose à l'avant-bras. Elle aurait dû laisser Henry l'emmener chez le radiologue après sa chute de cheval. Le choc avait peut-être provoqué une légère fracture, après tout...

Allons ! Je suis folle, se dit-elle. Me voilà en train de me soucier d'une éventuelle fracture alors que je risque ma peau ! Ils ne me relâche-

ront jamais avant que ce terroriste, Jovunet, ⟨ atteint sa destination. Et une fois qu'il se trou⟩ vera en sûreté, quelle assurance ai-je qu'ils m⟨ libéreront ?

« Madame la Représentante ? »

Elle tourna vivement la tête. Son ravisseur se tenait dans l'embrasure de la porte. Je ne l'ai pas entendu descendre l'escalier, se dit-elle. Depuis combien de temps m'observe-t-il ?

Sa voix avait un ton amusé lorsqu'il lui dit : « Manger un morceau fait des miracles, n'est-ce pas ? Surtout après la drogue que je vous ai administrée. Il se peut que vous ayez un léger mal de tête, mais ne vous inquiétez pas, ça ne durera pas. »

Il s'approcha d'elle. Sunday eut un mouvement de recul instinctif au contact de ses mains sur ses épaules. Elle grimaça en les sentant s'attarder, presque caressantes. « Vous avez vraiment de très beaux cheveux, dit-il. J'espère seulement ne pas être obligé d'en couper une trop grande quantité afin de persuader votre mari et son entourage que je parle sérieusement. Maintenant, laissez-moi vous débarrasser de ce plateau. »

Il l'ôta des genoux de Sunday et le plaça sur le poste de télévision. « Mettez vos mains dans votre dos », ordonna-t-il.

Elle ne pouvait qu'obéir.

« Je vais essayer de ne pas nouer la corde trop serrée, dit-il. Et prévenez-moi si vos jambes commencent à s'ankyloser. Lorsque notre homme sera arrivé sain et sauf là où il doit se

Ses paroles semblèrent le ravir. Il sourit — une grimace menaçante qui dévoila des dents fortes et mal plantées. « Peut-être pour le simple plaisir de vous désorienter, répondit-il d'un ton moqueur. C'est ce qui arrive, vous savez, lorsque l'on a les yeux bandés. »

La faible lumière éclairait sa main. Avant que le capuchon ne lui recouvrît la tête, la plongeant dans l'obscurité, Sunday aperçut la bague qu'il portait au doigt ; une grosse chevalière, semblable à n'importe quelle autre bague de ce style, si ce n'est qu'elle était percée d'un trou au milieu, comme s'il y manquait une pierre.

Elle résista désespérément à l'envie d'aspirer l'air à fond, et s'obligea à respirer lentement. Étudiante, elle avait suivi une thérapie afin de combattre une légère claustrophobie qu'elle avait héritée de son père.

Tentant de se remémorer ces séances, elle s'avoua vite que c'était peine perdue. Elle était incapable de se concentrer. La seule chose qui retenait son attention était la bague.

Elle l'avait déjà vue quelque part. Où ?

Il était neuf heures et demie ce même soir lorsque Henry, accompagné de Jack Collins et flanqué d'un peloton de gardes, suivit le long et sinistre couloir qui menait au petit parloir réservé aux criminels les plus dangereux de la prison de Marion.

Marion avait la réputation d'être la plus dure de toutes les prisons fédérales, et Henry eut l'impression que de ces murs épais et impénétrables sortaient non seulement les cris des prisonniers mais aussi ceux de leurs victimes.

Sunday est victime de Jovunet, pensa Henry. Et je le suis tout autant. Les gardes s'immobilisèrent devant une lourde porte en acier. L'un d'eux composa les chiffres de la combinaison qui l'ouvrait.

Jovunet était assis devant une table métallique placée le long d'un mur. Henry le reconnut d'après les photos publiées dans la presse au moment de son arrestation. Il se rappela l'interview qu'il avait donnée à *60 Minutes,* un quart d'heure de monologue plein de suffisance et d'arrogance, heureusement compensé par l'esprit caustique de Lesley Stahl qui s'évertuait à dégonfler son ego chaque fois qu'il s'enflait trop démesurément. Aujourd'hui, vêtu du terne uniforme des prisonniers — contrastant avec les tenues de dandy qu'il affectionnait du temps où il circulait en liberté — et enchaîné à la taille, aux poignets et aux pieds, Jovunet donnait néanmoins l'impression d'être parfaitement à son aise et détendu. Étrangement, il semblait parfaitement contrôler la situation.

Avec son visage de chérubin légèrement empâté, ses yeux bleu clair à l'éclat chaleureux, presque joyeux, et ses lèvres minces d'enfant de chœur roses et relevées aux commissures, comme habituées à sourire constamment, il représentait pour Henry, ce qu'il y avait de plus exécrable.

Dans l'avion qui l'emmenait vers l'Ohio, il avait lu un résumé de la vie mouvementée du

100

criminel. Personne ne connaissait exactement ses origines. Âgé de cinquante-six ans, il prétendait être né en Yougoslavie. Il parlait couramment cinq langues, avait commencé sa carrière comme marchand d'armes en Afrique, loué ses services de tueur à gages dans une douzaine de pays, n'avait la confiance de personne, et était capable de changer radicalement d'apparence. Sur certaines photos il était énorme, pesant facilement vingt kilos de plus que sur d'autres ; il pouvait ressembler à un militaire, à un gentleman-farmer, voire à un aristocrate.

La seule chose qu'il n'avait jamais su dissimuler dans ses diverses compositions, c'était son goût pour les vêtements de haute couture. Il était significatif que sa capture ait eu lieu lors d'un défilé de mode de Calvin Klein.

À la vue d'Henry, les yeux de Jovunet s'élargirent. « Monsieur le Président ! s'exclama-t-il, s'inclinant avec affectation, aussi bas que ses entraves le lui permettaient. Quelle merveilleuse surprise ! Pardonnez-moi de ne pas me lever, mais les circonstances actuelles ne m'autorisent pas cette marque de respect.

— Bouclez-la », fit Henry sans hausser le ton, les poings crispés. Il dut se contenir pour ne pas écrabouiller le rictus qui apparut sur le visage de Jovunet ; il eût aimé l'étrangler, agripper son cou à deux mains et serrer, serrer jusqu'à ce que l'homme révèle où était retenue Sunday.

Jovunet soupira. « Et moi qui étais prêt à vous aider ! Bon, j'y renonce. Que voulez-vous savoir ? Je m'aperçois qu'un grand nombre de mes activités passées restent encore inconnues des médias, même des plus tapageurs. Visiblement, vous n'êtes pas venu me rendre une visite de politesse, aussi est-il clair que vous avez besoin de moi. C'est entendu, peut-être puis-je vous être d'une certaine aide. Mais qu'obtiendrai-je en contrepartie ?

— Exactement ce que vous avez demandé. La garantie d'être emmené à bord de notre nouveau supersonique jusqu'au lieu de votre choix. Nous sommes prêts à conclure les arrangements qui vous conviendront. Mais vous devrez vous conformer à nos conditions concernant les modalités de l'échange. »

Une expression de surprise apparut sur le visage de Jovunet. « Vous parlez sérieusement ? » Puis il parut réfléchir. « Très bien, monsieur le Président. Quelles sont exactement ces conditions ? »

Henry sentit la main robuste de Jack Collins lui toucher le bras avec une insistance délibérée. C'était la première fois que Collins agissait ainsi. Il me conseille de me calmer. Il a raison.

« Je suis pilote, breveté et certifié pour les appareils supersoniques. Moi, et moi seul, vous conduirai à votre destination. Vous ne débarquerez pas avant que ma femme n'ait été relâchée et ne soit en sécurité entre les mains de nos hommes. Si elle n'est pas en parfaite santé et en totale sécurité, l'avion sera détruit, et nous avec. Est-ce clair ? »

Jovunet resta silencieux un moment, semblant analyser tout ce qu'il venait d'entendre.

102

« Ah, le pouvoir de l'amour ! » fit-il enfin, en secouant lentement la tête.

Henry jeta un regard perçant à l'homme qui lui faisait face et vit ses lèvres trembler imperceptiblement. Stupéfait, il comprit que Jovunet se moquait de lui. Et je ne peux rien faire que l'implorer et espérer qu'il accepte, se dit-il. Il regarda avec dégoût le visage de Jovunet, luisant de transpiration malgré le froid pénétrant de la pièce.

Où détenaient-ils Sunday ? Dans un endroit semblable à celui-ci ? Avait-elle assez chaud ?

Henry se força à se concentrer sur son interlocuteur. Jovunet pesait les conditions qui venaient de lui être exposées. C'était visible à la manière dont il plissait les yeux.

« Il y a une autre possibilité », dit-il.

Henry attendit.

« Tout comme vous, je ne voudrais pas qu'il arrive quelque chose de fâcheux à votre femme. Je n'ai pas eu le plaisir de la rencontrer, naturellement, mais comme chacun dans ce beau pays j'ai suivi le conte de fées de votre rencontre et de votre mariage. D'après ce que je sais d'elle, je dirais que c'est une personne digne d'admiration. Néanmoins, vous vous rendez certainement compte que, dans ma position, je dispose seulement d'un pouvoir limité. Puis-je vous demander quelle serait l'heure exacte de notre décollage ? »

Henry savait que tout son plan reposait sur la crédibilité de sa réponse. « Avant que ma femme soit kidnappée cet après-midi, le *Washington Post* a rapporté qu'un certain nombre de mises au point devaient être effectuées en vue du vol inaugural de l'avion, prévu pour vendredi matin. Elles demanderont toute la journée d'aujourd'hui. Vous et moi décollerons vendredi à dix heures du matin. »

Jovunet le regarda avec indulgence. « Songez au nombre de caméras, de systèmes d'écoute et de relais satellites qui seront installés pendant ces mises au point. » Il soupira. « Au fond, peu importe, n'est-ce pas ? » Il ébaucha un sourire qui disparut aussitôt. « J'insiste pour être immédiatement transféré dans la région de Washington. Je sais que vous disposez d'un certain nombre de planques, là-bas. Je veux que vous m'emmeniez dans l'une d'entre elles, et non dans un établissement pénitentiaire. J'en ai ma claque de ce genre de bicoques !

— C'est précisément notre intention, dit Henry froidement. Une fois que vous serez en sécurité dans un de ces endroits, nous vous demanderons d'enregistrer un message destiné à vos acolytes spécifiant que ma femme ne doit subir aucun mauvais traitement. Ils devront nous fournir une cassette prouvant qu'elle est indemne. La date limite pour la remise de cette dernière est fixée à demain, trois heures de l'après-midi. »

Jovunet fit un vague signe d'assentiment, puis contempla avec dédain son uniforme de prisonnier. « Autre détail. Comme vous le savez sans doute, j'ai le goût des beaux vêtements. Tout ce que j'avais de correct ayant depuis longtemps disparu et l'endroit où je compte me rendre n'étant pas, dirons-nous, un haut lieu de la mode, j'aurais besoin d'une nouvelle garde-robe complète. J'ai un faible pour Calvin Klein et Giorgio Armani. Je désire des vêtements choisis dans leurs dernières collections, et il me faudra l'assistance de tailleurs réputés pour effectuer les retouches que je jugerai utiles. Avant que vous ne me quittiez, l'administration de la prison vous fournira mes mensurations exactes. Mes nouveaux effets seront transportés à bord de l'avion dans une malle Vuitton et des valises assorties. » Il se tut, dévisageant calmement Henry, un léger sourire aux lèvres. « Me suis-je bien fait comprendre ? »

Sans lui laisser le temps de répondre, il sourit à nouveau, plus largement cette fois. « Rien de tout cela ne devrait vous surprendre. Vous n'avez sûrement pas oublié les circonstances de ma dernière arrestation, n'est-ce pas ? lors de la présentation de la collection de Calvin Klein. » Il eut l'air amusé. « Très embarrassant, et la collection n'était même pas bonne. Ces sous-vêtements ! Parfois je me dis que ce cher Calvin perd la main. »

Henry sentit qu'il lui fallait quitter la pièce. Il était incapable de rester dix secondes de plus en présence de cet individu. « Je vous verrai demain à Washington », dit-il. En sortant, il perçut le souffle de Collins dans son cou. Il a eu peur que je ne le tue, pensa-t-il. La lourde porte se refermait derrière eux. Henry entendit Jovunet leur lancer une dernière requête : « Oh, n'oubliez pas le Dom Pérignon et le caviar, monsieur le Président. Des tonnes de caviar. Même en supersonique, le voyage sera long. »

Cette fois, Jack Collins dut carrément intervenir pour empêcher Henry de se ruer à nouveau dans le parloir. Heureusement, le déclic de la porte se fit entendre, leur épargnant enfin la vue et la voix de Claudus Jovunet. « Monsieur le Président, dit Collins d'un ton rageur. Si les choses tournaient mal, je vous jure que je l'abattrais avant qu'il n'ait une chance de ramper jusqu'ici. »

Henry ne l'écoutait pas. « Du caviar ? dit-il tout haut. Cette histoire a un rapport avec le caviar. Avons-nous une idée du pays qui pourrait l'accueillir ? »

Dans la nuit Sunday fut tirée d'un sommeil agité par un éclat de lumière si violent qu'il traversa le tissu épais qui lui couvrait encore la tête.

« Juste une photo, lui dit à voix basse son ravisseur. Vous faites pitié, ainsi attifée et installée. Très bien. Je suis sûr que votre mari aura le cœur brisé quand il aura sous les yeux l'image de l'épreuve que vous traversez. »

Il releva le capuchon de Sunday. « Encore une, et vous pourrez vous rendormir. »

Sunday cligna des yeux pour éliminer les taches lumineuses qui lui brouillaient encore la vue après le deuxième flash. Pendant les heures qui venaient de s'écouler, la faible ampoule du plafond avait probablement été éteinte, et son éclat, même incertain, lui fit mal aux yeux lorsque l'homme la ralluma. Sa résolution d'afficher un calme stoïque mourut sur-le-champ. Elle jeta un regard courroucé à son ravisseur. « Laissez-moi vous dire qu'au moment où je sortirai d'ici, si jamais j'en sors, vous ferez mieux d'avoir filé, avec votre copain le terroriste. Et si vous êtes pris, je mettrai tout en œuvre pour vous faire enfermer dans la plus épouvantable, la plus sévère des prisons. »

Un autre éclair l'obligea à fermer les yeux.

« Désolé. Cette dernière photo n'était pas prévue, mais il me semble bon que votre mari voie à quel point vous êtes bouleversée, dit-il. Ça peut toujours servir. »

Vous vous trompez, mon vieux, marmonna Sunday en son for intérieur. Je ne suis pas bouleversée, simplement folle de rage. Henry lui-même l'avait vue entrer parfois dans une colère noire. Lorsque son tempérament d'Irlandaise s'enflammait, disait-il, elle devenait une vraie furie.

Si ces photos parviennent à Henry, il saura que je ne suis pas le moins du monde abattue, se rassura-t-elle.

« Apparemment, votre cher époux remue ciel et terre pour garantir votre sécurité, lui dit son ravisseur. Toutes les stations de radio et de télévision diffusent le même message, donnant l'assurance que Claudus Jovunet va être transféré dans la région de Washington, et qu'un enregistrement vidéo en donnant la preuve sera projeté à 11 heures ce matin. Ils ont aussi annoncé qu'ils exigeaient une cassette vidéo sur laquelle vous figuriez. Ils veulent s'assurer que vous allez bien. »

Il étudia les photos du Polaroïd. « Excellentes. Ça devrait convaincre votre mari et le gouvernement tout entier que vous êtes en vie et en parfaite santé, malgré des conditions de détention peu confortables. »

Sur ce, il rabattit le capuchon sur sa tête. Cette fois, même plongée dans le noir, Sunday resta sur le qui-vive. Si elle voulait revoir Henry, elle devait trouver un moyen de s'en tirer seule. En dépit de son apparente amabilité, cet homme se souciait comme d'une guigne de ce qui pouvait lui arriver. Elle avait même l'étrange impression qu'il jouait au chat et à la souris avec elle, et avec Henry également. Il paraissait totalement apolitique. Pas une seule des habituelles déclarations haineuses contre le gouvernement n'était sortie de sa bouche, rien justifiant qu'on se soit attaqué à elle, Sunday, dans le but de faire libérer Jovunet. Oui, il jouait bel et bien au chat et à la souris, et Sunday n'aimait pas tenir le rôle de la souris.

Mais que faire ? Ligotée, plongée littéralement dans le noir, elle pouvait du moins faire fonctionner son esprit. Elle repensa à la bague qu'elle avait remarquée au doigt de son ravisseur. Elle était certaine de l'avoir vue auparavant. Mais où ? Et quand ? Au doigt de cet homme ou à celui de quelqu'un d'autre ?

Méthodiquement, elle passa en revue tous ceux qui auraient pu posséder cette bague. Un membre du Congrès ? Ridicule ; et, de plus, son souvenir remontait plus loin dans le temps. Un livreur ? Un domestique de leur maison du New Jersey ? Non. Elle ne connaissait Henry que depuis huit mois, et le personnel qui travaillait chez les Britland était le même depuis des temps immémoriaux.

Alors qui ?

Je finirai bien par le découvrir, se promit-elle.

Tu ferais mieux de ne pas trop tarder, l'avertit une voix intérieure. Le temps presse.

Sortirai-je d'ici vivante ? se demanda-t-elle. Reverrai-je jamais Henry ? Le découragement s'empara d'elle. Elle aurait voulu être à Drumdoe avec lui. Elle avait découvert une merveilleuse recette de poulet à l'ail dans un livre de cuisine provençale et s'était promis de l'essayer durant le week-end. Travailler chez un traiteur pour payer ses études lui avait donné le goût de la cuisine. Elle avait pris des cours à l'Institut culinaire. Depuis lors, un jour par week-end, le chef d'Henry prenait sa soirée de congé, et Sunday le remplaçait aux fourneaux.

Ce matin, elle était censée assister à la commission de la Chambre. Une fois encore, ils allaient débattre de la protection sociale des enfants d'immigrés en situation irrégulière. Elle ne supportait pas que le type qui menait la campagne pour les priver de leurs avantages soit précisément celui qui passait son temps à faire admirer les photos de ses petits-enfants. Elle était décidée à lui voler dans les plumes.

Mais il fallait d'abord qu'elle sorte de là, ou

qu'on l'aide à en sortir ! Aide-toi, le ciel t'aidera, se dit-elle. L'adage favori de son père.

Et que Dieu vienne en aide à ceux qui sont pris la main dans le sac ! lui était-il souvent arrivé de penser lorsqu'elle tentait de faire acquitter un de ses clients. Tout à coup, sa respiration s'accéléra.

Mais bien sûr, se rappela-t-elle. Je n'ai vu cette bague ni à Drumdoe ni à Washington. Je l'ai vue il y a beaucoup plus longtemps. Lorsque j'étais avocate. Au doigt d'un des inculpés que je défendais.

Mais lequel ? Lequel parmi les centaines d'accusés qu'elle avait défendus durant ces sept années était celui qui portait une chevalière avec un trou en son centre ?

L'esprit en éveil, elle se remémora l'un après l'autre tous les procès auxquels elle avait pris part. Arrivée au dernier, elle secoua la tête. Non, elle était absolument certaine de n'avoir jamais défendu son ravisseur. Par contre, elle n'avait aucun doute en ce qui concernait la chevalière. Peut-être n'était-ce pas exactement la même bague, cependant. S'agissait-il du symbole d'un groupe terroriste ? Je n'ai jamais plaidé dans une affaire de terrorisme, se dit-elle, et par ailleurs, cet homme semblait totalement apolitique. Bon, ce n'est pas un terroriste, et il n'a jamais été un de mes clients. Alors qui est-ce ?

Où Sunday avait-elle passé la nuit ? se demandait Henry en entrant dans la salle du

110

Conseil de la Maison-Blanche à onze heures le lendemain matin. L'atmosphère y était encore plus tendue que la veille. Outre Des Ogilvey, s'y trouvaient le cabinet au complet, l'attorney général et les chefs de la CIA et du FBI. Il enregistra machinalement la présence de deux nouveaux venus, le leader de la majorité sénatoriale et le président de la Chambre des représentants. Toujours prêts à se faire photographier, pensa-t-il. Il ne tenait aucun des deux en haute estime.

Il avait légèrement neigé durant la nuit, et la météo prévoyait une tempête avant le week-end, probablement dans la journée de vendredi. Dieu fasse que nous puissions décoller, pria intérieurement Henry. Plus longtemps Sunday reste entre leurs mains, plus toute l'histoire risque de mal tourner.

Il se remémora sa rencontre de la veille avec l'odieux Jovunet. Pourquoi cette contradiction au sujet du caviar ? s'interrogea-t-il à nouveau. C'était un petit détail, mais peut-être significatif. Henry avait gagné la salle du Conseil immédiatement après avoir quitté la maison isolée où Jovunet, entouré de tailleurs, avalait force champagne et caviar béluga. Pourquoi les ravisseurs de Sunday avaient-ils donné pour instructions de supprimer le caviar ? Ça n'avait aucun sens. À moins, évidemment, qu'il n'y eût une signification cachée dans leur message. Il secoua la tête. Malgré ses longues années d'expérience, ce jeu était nouveau pour lui. Il ne comportait aucune règle établie, et tout était possible.

Henry s'aperçut qu'il était arrivé devant la chaise qui lui était réservée et que chacun l'attendait. « Monsieur le Président, dit-il, veuillez m'excuser de vous avoir fait attendre. »

Desmond Ogilvey, un monument de patience que l'on comparait volontiers à « Cool » Calvin Coolidge, dit sèchement : « Henry, et je le dis ouvertement devant ceux qui vont immédiatement rapporter mes paroles à la presse... » Il s'arrêta pour lancer un regard glacial au président de la Chambre. « ... n'employez pas ce langage cérémonieux avec moi, à moins que vous ne vouliez plaisanter. Je suis né avec un profond respect pour le gouvernement et les fonctions de l'État, mais c'est vous qui m'avez appris ce qu'est la réalité de la présidence. »

Et c'est Sunday qui m'a appris ce qu'est la réalité du bonheur, pensa Henry.

Desmond Ogilvey appuya ses mains jointes sur la table de conférences, dans la position exacte que les dessinateurs politiques s'amusaient à caricaturer. « Je pense que nous connaissons tous les derniers développements de la situation, commença-t-il. Le supersonique présidentiel va être muni de l'équipement le plus sophistiqué dont nous disposons dans notre arsenal. Le but, évidemment, est de surveiller étroitement Jovunet, afin d'apprendre précisément ce qu'il compte faire dans le futur. À condition que tout marche comme prévu, dès vendredi, si Jovunet est perdu dans la jungle, nous saurons dans quel arbre, sur quelle branche il se trouve. »

Ogilvey frappa du poing sur la table. « Mais

c'est précisément là que réside le problème. En dépit de quelques sérieux couacs, pour parler comme ma mère, nos deux organisations de super-détectives sont à nouveau en phase et travaillent la main dans la main. Toutes nos équipes de renseignements affirment sans équivoque qu'aucune nation, qu'il s'agisse de nos alliés les plus fidèles ou de nos ennemis déclarés, n'a offert l'asile à Jovunet. Mieux, toutes ont indiqué qu'elles préféraient voir l'avion détruit en vol plutôt que d'accepter ce personnage sur leur sol. Malheureusement, la conclusion à en tirer est la suivante : en ce moment même, dans un pays que nous ne pouvons identifier, une révolution se prépare qui renversera le gouvernement en place et constituera peut-être une réelle menace pour la paix mondiale. »

Henry écouta ces mots le cœur serré. Il avait l'impression de regarder Sunday nager désespérément dans un courant furieux, sans pouvoir la sauver.

« Par conséquent, continua Desmond Ogilvey, il nous faut en déduire que nous sommes confrontés à une situation d'urgence. Sans que nous l'ayons prévu, une nation est sur le point d'entrer en éruption. » Le coup d'œil qu'il lança au directeur de la CIA fit pâlir l'infortuné dignitaire. Puis le Président se tourna vers son prédécesseur et annonça : « Je ne sais comment m'exprimer, mais il semble que votre épouse, la très estimée représentante du New Jersey, soit tombée entre les mains d'un ennemi non identifié. Je crains que nous ne puissions pas faire grand-chose avant qu'il ne se dévoile. »

Henry se leva brusquement. « Des, je dois revoir la déclaration que Jovunet est sur le point d'enregistrer. »

Comme il s'apprêtait à quitter la pièce, un bras rassurant l'arrêta un instant. « Henry, lui promit Desmond Ogilvey, nous allons la retrouver. Tous les moyens dont nous disposons sont mobilisés dans ce but. »

Non, Des, pensa Henry. Nous sommes obligés de jouer ce jeu, mais mon instinct me dit que nous nous fourvoyons.

Il commençait à perdre son sang-froid. Sunday percevait un subtil changement dans le comportement de son ravisseur. Entrant dans la cage d'escalier, elle l'avait entendu hurler après la femme qu'il appelait « Mère ». Était-elle réellement sa mère, ou était-ce une ruse supplémentaire ? Tout comme la robe de moine. On aurait dit un déguisement loué pour un bal costumé.

Quoi qu'il en soit, les bruits l'avaient réveillée. Quelle heure était-il ? Il lui semblait qu'il y avait des éternités qu'il avait pris les photos. Henry les avait-il déjà vues ? Remarquerait-il l'expression de colère sur son visage et comprendrait-il qu'elle n'avait pas l'intention de se laisser faire ?

Elle se força à ignorer la douleur qui irradiait dans son épaule et le haut de son bras. Si seulement l'ankylose pouvait les gagner, comme elle avait gagné ses jambes, qu'elle ne sentait plus du tout à présent. Circulation zéro, pensa-t-elle. Si Henry était là, il aurait...

Elle secoua la tête, chassant ces pensées. L'image d'Henry coupant ses liens, la relevant doucement, la massant délicatement pour ranimer ses membres endoloris était trop douce pour qu'elle s'offre le luxe de s'y attarder. Il lui fallait être forte. Elle était engagée dans un combat, et elle ne se laisserait pas abattre sans se défendre.

Elle avait passé en revue toutes les affaires dont elle avait été chargée durant sa carrière d'avocate de l'assistance judiciaire. Toutes les affaires d'une certaine importance, rectifiat-elle pour elle-même. Les jeunes voyous qui tabassaient un videur dans une boîte minable ne faisaient pas partie de son inventaire.

J'ai la chance d'avoir une excellente mémoire, se dit-elle pour se rassurer, cherchant à se débarrasser du capuchon de laine qui lui collait désagréablement au front. Maman dit toujours que je ressemble à tante Kate. « Très observatrice, elle remarquait tout, avait expliqué sa mère à Henry un jour où elle lui parlait de leur famille. Et curieuse. Je n'oublierai jamais Kate me demandant si je n'avais pas une "nouvelle" à lui annoncer, désirant clairement savoir si j'étais dans une situation intéressante. Dieu du ciel ! J'attendais Sunday depuis moins d'une semaine et je n'avais pas l'intention d'en parler à qui que ce soit. Je trouve pour ma part... »

Sunday avait fini sa phrase : « Tu trouves

qu'il est de bon ton pour une femme d'attendre le quatrième mois avant de l'annoncer au monde entier. Peut-être la tante Kate avait-elle l'esprit mal tourné. J'ai entendu dire que c'était courant dans la famille. »

Mais je suis comme cette chère vieille Kate, se persuada Sunday. J'ai l'esprit d'observation, le goût du détail, et cette bague est sans nul doute un détail que j'ai remarqué au tribunal.

Ses réflexions furent interrompues par un bruit de pas dans l'escalier. Sunday sentit un frisson nerveux la parcourir. Elle ne savait pas ce qu'elle redoutait le plus ; que son ravisseur s'approche furtivement d'elle ou qu'il annonce sa venue en faisant résonner ses pas.

C'était probablement le matin. Elle avait faim. Lui apportait-il à manger ? Il avait parlé de réaliser une cassette. Quand avait-il l'intention de le faire ?

Les pas se rapprochèrent avec un bruit traînant sur le sol de ciment. Sunday sentit qu'on lui relevait son capuchon. La silhouette en robe de bure se tenait devant elle. L'homme leva le bras vers l'ampoule qui pendait du plafond et pendant plusieurs secondes Sunday fut éblouie. Une fois sa vue habituée à la lumière, elle observa à nouveau son ravisseur, s'efforçant de distinguer ses traits. Son visage restait dans l'ombre, mais elle continua obstinément à l'observer, forçant son subconscient à se souvenir. Des yeux enfoncés, un visage osseux. Probablement la cinquantaine. « Mère aurait pu se donner un peu plus de mal, dit-il d'un air furieux. Elle a laissé le lait sur le buffet pendant la nuit et maintenant il est tourné. Vous devrez donc vous contenter de céréales au naturel et de café noir. Mais d'abord, je vais vous accompagner aux toilettes. » Il fit le tour de la chaise et entreprit de défaire ses nœuds.

« *Mère aurait pu se donner un peu plus de mal...* »

Cette voix. Ce ton. Quelqu'un m'a déjà parlé ainsi, pensa Sunday. Quelqu'un m'a dit que j'aurais pu me donner un peu plus de mal...

Comme une photo dans le révélateur, le souvenir remonta à la surface. C'était arrivé au tribunal, alors qu'elle représentait Wallace « Sneakers » Klint, un membre de cette bande de paumés qu'elle avait défendus au tout début de sa carrière. Sunday croyait profondément dans le système judiciaire américain, et elle était fermement convaincue que la justice devait être égale pour tous. C'est-à-dire que chacun devait bénéficier d'une assistance légale complète. Elle gardait un mauvais souvenir de l'affaire Klint. Bien qu'il fût accusé de meurtre avec préméditation, elle était parvenue à persuader le jury d'opter pour un chef d'accusation moins sévère, celui d'homicide involontaire. Ce qui signifiait qu'il sortirait de prison vingt ans plus tard. Il aurait alors soixante ans.

Le procès n'avait pas duré longtemps, en partie, soupçonnait Sunday, parce que le ministère public savait qu'il ne disposait pas d'arguments très solides. Elle se souvenait vaguement que Klint avait un frère aîné qui s'était manifesté au début du procès. Elle leva à nouveau les yeux vers son ravisseur. Pas étonnant que je ne l'aie pas reconnu, pensa-t-elle, s'efforçant de ne trahir aucune émotion. Il avait une barbe et de longs cheveux raides alors, il ressemblait à un hippy vieillissant. C'était ça, il avait été un membre actif de la « contre-culture » ; elle s'en souvenait car il avait été question de le faire citer comme témoin. Mais elle avait craint qu'il ne desserve la cause de son frère.

Sunday se remémora leur rencontre. Elle venait de quitter la salle du tribunal et il s'était approché par-derrière alors qu'elle se dirigeait vers les ascenseurs. Il lui avait tapé sur l'épaule. Elle se rappelait que sa bague lui avait effleuré le cou, et qu'elle avait repoussé sa main. C'était à ce moment précis qu'elle avait remarqué le dessin particulier du chaton.

Il avait dit que le verdict revenait à une sentence de mort pour leur mère, qu'elle ne vivrait jamais suffisamment longtemps pour voir Sneakers rentrer chez elle. *Et c'est alors qu'il m'a reproché de ne pas m'être donné plus de mal.*

À l'époque, elle n'avait pas imaginé qu'il s'agissait d'une menace. À dire vrai, ce type était cinglé. Il aurait dû lui baiser les pieds pour avoir épargné la chambre à gaz à son truand de frère. Grâce à elle, Sneakers fabriquait aujourd'hui des plaques minéralogiques pour l'État du New Jersey.

Cet homme serait donc le frère aîné. Et la femme là-haut devait être leur vieille mère. Ne

118

montre pas que tu soupçonnes la vérité, se dit Sunday.

Cependant, si elle recollait tous ces éléments disparates, elle n'y trouvait aucun sens. Qu'est-ce que le frère de Sneakers Klint avait à voir avec le terrorisme international ? L'enlèvement de Sunday paraissait être l'œuvre de professionnels, mais ce type devant elle avait plutôt l'air d'un malade mental isolé.

Ses bras furent enfin libérés et elle les serra vivement contre son corps en essayant de les masser.

L'homme dénouait à présent les cordes qui lui entravaient les jambes. Elle voulut se lever, trébucha. À nouveau, elle fouilla dans sa mémoire. Son nom... Quel était son nom ? On l'avait inscrit dans le dossier du procès. Un prénom inhabituel. Qui commençait par un *W*.

William... Warner... Wexler. C'était ça !

Wexler Klint. Elle réprima un petit sourire de triomphe.

« Attendez, je vais vous aider », disait Wexler Klint en lui passant le bras autour de la taille. Elle tâcha de ne pas réagir lorsqu'il posa sa main sur sa hanche. Une fois encore, il la conduisit jusqu'au petit réduit puis la ramena à sa place, répétant ensuite le rituel qui consistait à lui laisser les mains libres jusqu'à ce qu'elle eût terminé ce qu'il qualifiait de petit déjeuner — des céréales sans accompagnement et du café noir.

Il resta impassible à l'observer pendant qu'elle mangeait. Une fois qu'elle eut fini, il ramassa l'assiette et les couverts, puis lui ligota à nouveau méthodiquement les mains derrière le dos. Avant de s'en aller, il alluma la télévision. « Le temps passera plus vite, fit-il. Jovunet fait son numéro à onze heures. » Un sourire éclaira vaguement son visage. « Vous faites toujours les gros titres, vous savez. Et je pense que vous continuerez à être le centre de l'attention générale pendant encore quelque temps. Réfléchissez ; vous avez une place dans l'Histoire dorénavant, et c'est à moi que vous la devez. »

Sunday ne répondit pas. Elle était trop occupée à regarder Henry qui embarquait en toute hâte dans un hélicoptère sur la pelouse de la Maison-Blanche.

Un journaliste annonçait : « Le bruit court que l'ancien Président, rongé par l'inquiétude, va rencontrer Claudus Jovunet dans un endroit tenu secret. On nous a prévenus d'un changement de programme. Au lieu de la diffusion d'un message enregistré, Jovunet apparaîtra en direct à la télévision. Ceci afin de garantir aux ravisseurs de Mme Sandra Britland que leurs demandes seront bien prises en considération. »

Sunday vit Henry atteindre l'hélicoptère. Il gravit les marches, mais avant de pénétrer dans la cabine il se tourna face aux caméras. On lui tendit un micro. « Priez pour elle », dit-il simplement.

Le ravisseur de Sunday soupira. « Noble pensée. Mais qui ne va pas changer grand-chose, vous savez. »

120

« Monsieur Jovunet, nous devons installer le micro », dit impatiemment Sydney Green, le producteur chargé des relations des médias avec la Maison-Blanche.

Ils se trouvaient à Arlington, en Virginie, non loin de Washington. La charmante maison de style classique fin XVIIe, nichée au creux d'un parc de plusieurs hectares clos de murs, était officiellement la propriété privée d'un potentat du Moyen-Orient. En réalité, il s'agissait d'une résidence discrète destinée à abriter les transfuges politiques importants.

La pièce, élégamment meublée, était occupée par des agents de la CIA à l'expression sévère et par des techniciens des services de la communication du gouvernement. La caméra était dirigée vers un fauteuil pour l'instant inoccupé.

Claudus Jovunet se trouvait dans une alcôve attenante à la pièce principale. Avec un air de dédain, il se tourna vers l'homme qui l'avait interpellé : « Un moment. Vous voyez bien que je suis occupé. » Puis, reportant son attention sur le tailleur qui ajustait la manche d'une veste de smoking : « Je déplore qu'un spécialiste soi-disant aussi expérimenté n'ait pas remarqué que j'avais le bras gauche d'un centimètre plus court que le droit.

— Je l'ai remarqué. Mon père et mon grand-père étaient des tailleurs réputés, monsieur, tout comme moi. » Le ton était glacial.

Jovunet hocha la tête d'un air approbateur. « Un homme doit être convaincu de son talent.

Je suis donc certain d'être entre de bonnes mains. » Il fit signe à un serveur. Du Dom Pérignon frappé à point moussa dans sa coupe.

« Posez ça et asseyez-vous, ou je vous étrangle », dit Henry Britland d'une voix dangereusement calme.

Jovunet haussa les épaules. « À votre guise. » Il posa sa coupe sur la table et se tourna vers le tailleur : « Pour gagner du temps, considérons qu'il s'agit du dernier essayage pour les tenues de soirée. Les retouches des costumes de ville et des vêtements de sport ne devraient pas prendre plus de quelques heures. Ensuite, nous examinerons minutieusement les accessoires appropriés. Je vois avec plaisir que vous avez obtenu une sélection de ces merveilleuses cravates de Belois. »

Avec amour, il en choisit une parmi celles qui étaient étalées sur une longue table et la tendit à Henry : « Peintes à la main et tellement raffinées. »

Devant l'expression de son interlocuteur, il reposa la cravate. « Ah oui, l'interview ! »

« Nous devons enregistrer cette cassette sans plus tarder. Votre mari semble extrêmement préoccupé, vous ne trouvez pas ? » dit Wexler Klint.

Sunday refusa de s'attarder sur l'expression douloureuse qui assombrissait les yeux d'Henry au moment où il avait fait sa déclaration. Claudus Jovunet venait de confirmer en souriant qu'il avait la promesse du gouvernement des

États-Unis d'être transporté vers la destination de son choix dans le nouveau supersonique, piloté par l'ancien Président en personne. Il serait autorisé à débarquer dès que Sandra O'Brien Britland aurait été retrouvée saine et sauve. Le moindre faux pas de la part des ravisseurs entraînerait sa mort.

Henry avait conclu en disant : « Je dois insister sur un point : Claudus Jovunet ne s'envolera pas pour la liberté avant que je ne reçoive une cassette prouvant que ma femme est en bonne santé. Nous partirons à la condition que cette cassette me parvienne aujourd'hui, à trois heures de l'après-midi. »

Klint éteignit la télévision et se tourna vers Sunday. Il tenait un micro relié à un vieux magnétophone. Il l'approcha de ses lèvres et sourit. « Dites quelque chose de personnel afin de convaincre votre mari que vous venez de le voir avec Jovunet. Et incitez-le à coopérer ; prévenez-le que toute tentative de me doubler vous coûtera la vie. Réfléchissez bien à ce que vous allez lui dire. Je ne veux pas avoir à recommencer. »

Sunday avait déjà pensé à ce qu'elle voulait dire, mais c'était avant d'avoir découvert l'identité de son ravisseur. Incapable de savoir à quel jeu il jouait, elle était néanmoins certaine qu'il n'avait pas l'intention de tenir ses promesses et de la relâcher. Son esprit fonctionnait à la vitesse de l'éclair. Elle respira profondément. Si tu veux revoir Henry un jour, tu as intérêt à être crédible.

Elle se mit à sangloter. « Je n'y arriverai

jamais, dit-elle à Klint d'une voix de petite fille. Quand je vois mon mari, il me manque tellement. Je ne veux pas rester ici. Je veux être avec lui. »

L'ampoule du plafond projetait des ombres noires dans la pièce sombre et lugubre, mais elle constata que le magnétophone était déjà en marche. Elle soupira avec résignation. « D'accord, je dois mentionner que je viens de le voir à la télévision, c'est ce que vous voulez, n'est-ce pas ? » Elle s'interrompit et se remit à sangloter. Elle avait trouvé la voix adéquate, celle de la petite sainte-nitouche de sa classe, à St. Alban, qui fondait en larmes à peu près trois fois par jour.

« Bien sûr que je t'ai vu, gémit-elle. Oh, Henry, tu as toujours promis de me défendre. Je sais que tu ne me laisseras pas courir un danger. Tu vas venir à mon secours, n'est-ce pas, pour que je puisse rentrer à la maison ? Et, Henry, quand je t'ai vu, j'ai remarqué que tu portais les mêmes mocassins anglais noirs que le jour où tu m'as fait visiter Drumdoe. Tu t'en souviens, chéri ? Oh, tant de souvenirs me reviennent à l'esprit. Je me sens malgré tout si près de toi. Tu me manques tellement. Je... » Sa voix se brisa.

Secouant la tête, elle leva les yeux vers Klint. Elle était parvenue à répandre quelques larmes. « Ça va mieux. Nous pouvons commencer, si vous voulez. »

Il sourit. « Non, c'est suffisant. Vous pouvez vous reposer, maintenant. Je n'en ai pas pour longtemps. Ne vous sauvez pas », dit-il en ricanant au moment où il replaçait le capuchon sur sa tête.

— Vous me relâcherez une fois que Jovunet aura retrouvé la liberté, n'est-ce pas ? Je sais qu'Henry et le gouvernement tiendront leur promesse. » Elle se mordit la langue. Elle avait stupidement repris son ton de voix habituel.

Klint ne parut pas l'avoir remarqué, cependant. Au lieu de lui répondre directement, il chantonna : « Trois souris aveugles, voyez comme elles courent... » Il ajusta le capuchon, laissant ses doigts s'attarder sur son cou. Puis il approcha la bouche de son oreille et murmura : « Vous savez qui sont les souris, naturellement ? Non ? Je vais vous le dire. La première est votre mari. La deuxième le gouvernement des États-Unis au complet. La troisième est... » Il fit une pause. « La troisième est Claudus Jovunet. »

De la résidence secrète d'Arlington, Henry se rendit directement au poste de commandement des opérations installé pour l'occasion dans la salle de spectacle de la Maison-Blanche. Un signe de tête négatif du directeur de la CIA lui apprit qu'il n'y avait rien de nouveau. Jusqu'à présent, tous les efforts déployés pour retrouver le mécanisme qui avait immobilisé les voitures et neutralisé les agents secrets s'étaient révélés vains. Et alors qu'ils semblaient convaincus que Sunday n'avait pas quitté les environs immédiats de Washington, personne n'avait pu fournir le moindre indice. À cause du mauvais temps, les passants étaient peu nombreux dans les rues et apparemment personne n'avait rien remarqué de suspect. La seule chose qu'ils avaient à se mettre sous la dent, c'étaient les quelques vagues empreintes relevées dans la neige à l'endroit où la voiture de Sunday avait été retrouvée. Probablement laissées par le ravisseur. On avait fait des moulages que les experts étaient en train d'examiner.

Suivi de Jack Collins et de Marvin Klein, Henry gagna alors la salle du Conseil d'où, pour la quatrième fois il appela le père de Sunday à la résidence des O'Brien dans le New Jersey.

En raccrochant, il dit d'une voix blanche : « Le père de Sunday a dit que sa fille était bien trop intelligente pour se laisser faire par une bande de terroristes. Puis il s'est mis à pleurer.

— Vous devriez avaler quelque chose, monsieur, fit Klein en pressant le bouton d'une sonnette sous la table.

— En tout cas, Jovunet n'a pas l'appétit coupé, dit Collins d'un ton furieux. Nos hommes m'ont raconté qu'il a descendu plus de champagne et de caviar que tous les transfuges russes que nous avons eu le plaisir de recevoir. Ils ont même dû en commander davantage. Et maintenant il exige que le chef du Lion-d'Or en personne lui prépare à dîner avant qu'il n'embarque à bord de l'avion.

— Je me demande pourquoi il a un tel besoin de s'empiffrer, fit Henry, laissant percer son irritation. Je suis certain qu'ils vont l'accueillir comme un héros, quand il sera arrivé à destination. » Il resta silencieux un instant.

« À propos, est-ce que nous en savons un peu plus sur cette fameuse destination ?

— Non, pas encore, répondit Klein. Le Bureau Ovale voit peut-être juste en estimant qu'un coup d'État se prépare dans un pays qui pourrait alors l'accueillir, mais jusqu'à présent personne n'a proposé de lui donner asile. Cependant, il vaudrait mieux que tout ça ne tarde pas trop ; le temps presse. »

Quelques minutes avant trois heures, les membres du cabinet reprirent place dans la salle du Conseil. Le président Ogilvey et le secrétaire d'État furent les derniers à arriver. « Personne, jamais personne n'admettra avoir préparé l'évasion de Jovunet », dit le Secrétaire d'un ton amer.

Trois heures de l'après-midi, l'heure limite fixée par Henry, sonnèrent, puis passèrent. Un silence pesant régnait dans la pièce. À trois heures dix, le présentateur de NBC Tom Brokaw téléphona à la Maison-Blanche et demanda à parler d'urgence à l'ex-président Britland. « Passez-le-moi », dit Henry. Les Brokaw faisaient partie des familiers de Drumdoe.

Brokaw ne s'attarda pas en formules de politesse : « Monsieur, je viens de recevoir un appel d'un membre d'une soi-disant Organisation pour la défense et la libération de Jovunet. J'ai d'abord cru à un canular, mais les informations qui m'ont été fournies par notre bureau à Washington paraissent exactes. Un paquet de petit format enveloppé de papier brun et portant votre adresse a été, comme annoncé, trouvé par terre au premier rang des bancs de la cathédrale St. Matthew, ici même à Washington. Il est vrai qu'il existe toujours quelques crétins pour s'immiscer dans des situations tragiques de ce type, mais cette fois je n'ai pas l'impression qu'il s'agisse d'une plaisanterie. Un numéro de téléphone est inscrit sur l'emballage, au-dessous de votre nom. » Il le lui lut.

« C'est le numéro de notre villa en Provence, dit Henry. Rares sont ceux qui le connaissent, mais il se trouve naturellement dans l'agenda que Sunday conservait dans son sac. Où est ce paquet ?

— J'ai déjà demandé à notre service de sécurité de vous l'apporter, dit Brokaw. Il devrait vous parvenir à la Maison-Blanche incessamment.

— Tom, vous êtes un véritable ami. Merci de ne pas l'avoir ouvert. » Henry se leva et tendit le téléphone à Marvin Klein qui se tenait juste derrière lui.

« Monsieur Brokaw, dit Klein à son tour, le Président vous est profondément reconnaissant. Soyez assuré que nous vous tiendrons au courant de l'évolution de la situation. »

Henry s'était dirigé vers la porte, attendant impatiemment que le colis arrive. Au moins semblent-ils désireux de nous informer que la discussion reste ouverte, se dit-il pour se rassurer.

« C'est une cassette audio, monsieur, dit Collins en pénétrant dans la pièce. Elle est accompagnée d'une photo. »

Son impassibilité avait maintes fois servi

Henry durant les réunions internationales, mais il fut incapable de garder son sang-froid en regardant la photo. Voir Sunday ficelée comme un paquet dans cet antre misérable et obscur lui était intolérable. Il remarqua qu'elle avait les bras tirés dans le dos. Mon Dieu ! Son épaule devait la faire horriblement souffrir.

Pourtant, il se sentit presque réconforté à la vue de son visage. Il y avait d'abord le fait de la savoir en vie, bien sûr, mais autre chose, aussi, quelque chose dans son expression qui le remplit d'espoir. Sunday se trouvait dans une situation horriblement pénible et inconfortable, néanmoins elle n'avait pas l'air abattu. Elle résistait. Henry lui avait rarement vu l'air aussi combatif et furieux que sur cette photo.

Il leva la tête. « Faites-moi entendre la cassette. »

Penché sur la table, les yeux fermés, il écouta la voix sanglotante de sa femme le suppliant de lui venir en aide.

La cassette terminée, il exigea : « Je veux l'entendre à nouveau. »

Il l'écouta encore deux fois, puis regarda les membres du gouvernement qui le contemplaient d'un air apitoyé. « Vous ne comprenez donc pas ? dit-il impatiemment. Sunday cherche à nous communiquer quelque chose. Ses paroles ont pour but de nous mettre sur une piste. Je me souviens clairement de la première fois où je l'ai emmenée à Drumdoe. Nous étions tous les deux en tenue de sport. Je ne portais pas de mocassins anglais, mais des chaussures de basket, des sneakers pour être plus précis. Elle essaye de nous transmettre un message.

— Mais, Henry, protesta le Président, elle est visiblement bouleversée.

— Elle joue la comédie, Des. Je connais ma femme. Même si vous la soumettiez à la question, elle ne gémirait pas ainsi. Seulement... » Il leva les bras en signe d'impuissance. « Seulement, j'ignore ce qu'elle essaye de nous dire. C'est une sorte d'indice ou de code. Mais lequel ? Bon Dieu, que veut-elle me faire comprendre ? »

Était-on jeudi soir ou vendredi matin ? Sunday n'aurait su le dire. Elle somnolait quand elle sentit qu'on lui détachait les mains.

« Je viens de regarder CNN, chuchotait Wexler Klint. Ils ont fait une émission entière sur vous. J'ignorais que vous aviez fait partie d'une équipe de maîtres-nageurs lorsque vous étiez au collège. Qui sait ? Cela vous sera peut-être utile aujourd'hui. » Il marqua une pause, lui ligotant les mains à nouveau, mais cette fois devant elle. « Ou peut-être pas. Quoi qu'il en soit, nous allons faire un tour en voiture maintenant. »

Tout en parlant, il lui releva son capuchon et lui recouvrit la bouche d'un bâillon. Son cri de protestation fut immédiatement étouffé. Le capuchon retomba sur son visage. Klint trancha alors les cordes qui l'attachaient à la chaise. Le couteau érafla sa jambe droite, et elle sentit un filet de sang couler sur sa peau.

130

Délibérément, elle frotta sa jambe contre le barreau de la chaise, se rappelant l'histoire de ces G.I. qui durant la Seconde Guerre mondiale laissaient un message tracé avec leur sang dans la zone des combats.

Un rire hystérique se forma dans sa gorge. *Tu perds tout sens commun,* se dit-elle, *calme-toi.*

Mais que comptait-il faire d'elle ?

Il la soulevait puis l'allongeait sur le dos à même le ciment. L'odeur d'humidité stagnante lui parut insupportable, même à travers le tissu épais du capuchon. Maintenant, il la drapait dans quelque chose — probablement la couverture qu'il avait jetée sur elle plus tôt. Quand ? tenta-t-elle de déterminer. Plusieurs heures auparavant ? Plusieurs jours ? Malgré ses efforts pour reconstituer l'enchaînement des événements, elle fut obligée d'admettre qu'elle avait pratiquement perdu tout point de repère. Si elle voulait avoir une chance de survivre à cette épreuve, il lui fallait avant tout retrouver son contrôle.

Soudain, elle sentit qu'on la soulevait de terre à nouveau, qu'on la portait. Elle ne s'était pas trompée ; il était très robuste. Il la tenait dans ses bras comme si elle ne pesait pas plus qu'une plume. Ses pieds heurtèrent la chaise, puis quelque chose de dur, peut-être un mur. L'emmenait-il au premier étage ?

Mais il tourna à droite, pas à gauche. Elle l'entendit manipuler un loquet. Puis une bouffée d'air glacé la cingla à travers la mince couverture. Ils sortaient de la maison. Elle entendit un bruit de moteur.

« Je crains que le coffre ne soit pas très confortable, lui annonça Klint, il faudra malgré tout vous en contenter. À vrai dire, les cellules d'une prison ne sont pas beaucoup plus plaisantes. Étant donné l'état actuel des routes, notre voyage prendra au moins cinq heures. Mais ne vous inquiétez pas, nous serons arrivés largement à temps pour assister au spectacle donné au National Airport. »

Sunday contracta tous ses muscles au moment où il la laissait tomber dans le coffre de la voiture. Il la poussa au fond, la forçant à se recroqueviller, l'enveloppant entièrement dans la couverture. Le capuchon était plaqué sur ses narines, le bâillon étroitement serré lui comprimait la nuque, des élancements violents irradiaient dans tout le haut de son corps. Jamais elle ne s'était sentie aussi misérable.

Elle se rendit compte alors qu'il disposait certains objets sur elle et comprit que Klint arrangeait le contenu de la malle de façon à dissimuler complètement son corps. Mais il agissait avec précaution, silencieusement, comme s'il craignait d'être découvert. Où se trouvaient-ils ? Peut-être dans une rue où quelqu'un risquait de le repérer depuis une fenêtre. Elle entendit vaguement un chien aboyer. Mon Dieu, pria-t-elle, faites qu'on aperçoive la voiture !

Sans bruit, le coffre se referma. Un moment plus tard, une secousse indiqua à Sunday que la deuxième phase de son enlèvement venait de commencer.

« Monsieur, comme vous le savez sûrement, les sneakers Milano que vous portiez sont une marque de chaussures de sport particulièrement luxueuses. » À cinq heures, le vendredi matin, Conrad White, l'expert dépêché de toute urgence par la CIA, faisait part à Henry de leurs efforts pour interpréter l'allusion délibérément erronée de Sunday aux chaussures que portait Henry le jour où il l'avait emmenée à Drumdoe. L'irritation d'Henry grandit en l'écoutant. White donnait l'impression de faire un exposé à un élève attardé : *Voilà le problème ; voilà les questions ; voilà les solutions possibles.*

Le seul problème, c'est que vous êtes complètement à côté de la plaque, pensa Henry en se forçant à l'écouter. Il plissa les yeux. Il avait les paupières brûlantes et douloureuses.

Sa grimace n'échappa pas à Conrad White : « Si je puis faire une suggestion, monsieur, il me semble que quelques heures de sommeil vous seraient bénéfiques avant d'entreprendre ce qui risque d'être un long voyage.

— Je me passerai fort bien de vos suggestions, répliqua sèchement Henry.

« Soyez clair, mon vieux. Vous voulez dire que je ne portais pas de mocassins anglais et que les sneakers Milano sont certainement fabriqués en Italie. Vous en déduisez donc que

133

ma femme nous suggère de nous tourner vers l'Italie pour trouver les ravisseurs.

— Ou vers l'une des factions qui en ce moment harcèlent nos alliés italiens, corrigea White. Peut-être la Mafia. Oui, probablement la Mafia. Ils ont une longue pratique des enlèvements et des meurtres. Oh, désolé, monsieur, je ne voulais pas laisser entendre... »

Mais son interlocuteur ne l'écoutait plus. Henry s'était tourné vers Jack Collins et Marvin Klein. « Suivez-moi », leur dit-il brusquement.

Il les précéda dans l'escalier jusqu'à l'étage principal, puis, tournant vers la gauche, il pénétra dans la magnifique salle où les portraits de George et de Martha Washington tournaient vers lui leurs regards affables. Pourquoi avait-il choisi cette pièce ? se demandat-il en s'asseyant dans son fauteuil de prédilection à l'époque où il était le principal occupant du 1600 Pennsylvania Avenue. Une sorte d'instinct l'avait dirigé là.

Était-ce à cause de la merveilleuse réception que Des et Roberta avaient donnée en son honneur et en celui de Sunday quelques semaines après leur mariage ? Les cocktails avaient été servis dans cette pièce, suivis d'un dîner dans la salle à manger, puis ils étaient revenus ici pour un court concert. Henry revit en pensée cette soirée. Sunday portait un fourreau de satin bleu à manches longues avec pour unique bijou la rivière de diamants que l'arrière-grand-père d'Henry avait achetée à un maharadjah. Elle avait fait sensation.

Henry sourit presque en se rappelant les réflexions des invités autour de lui, regrettant qu'il n'ait pas rencontré et épousé Sunday huit ans plus tôt. Elle aurait été une merveilleuse First Lady.

L'ambassadeur de Grande-Bretagne a même ajouté quelque chose, se rappela Henry. Sunday lui a répondu et nous avons tous éclaté de rire.

Souviens-toi de ce qu'elle a dit alors, lui murmura une voix intérieure.

Henry se pencha en avant et joignit les mains. White avait raison ; peut-être était-il fatigué. Tout ça n'était probablement qu'un effet de son imagination. Il secoua la tête. Non, je suis sûr d'être sur la bonne voie. Il faut que je me rappelle cette conversation. C'est vital. Je sais seulement qu'elle a un rapport avec le message que Sunday essaye de me communiquer dans sa cassette. Une bouffée d'espoir l'envahit. *C'est mon instinct qui m'a guidé ici...*

Collins et Klein se tenaient à distance respectueuse et il leur fit signe de s'asseoir en face de lui. « Ma pensée vagabondait, je faisais certains rapprochements. À votre tour, maintenant », ordonna-t-il. L'exercice leur était familier, tous trois l'avaient pratiqué régulièrement lorsqu'ils cherchaient la solution d'un problème ou d'un autre.

Collins prit la parole le premier : « Monsieur, il y a quelque chose de pourri au royaume du Danemark. »

Henry sentit un sursaut d'énergie nouvelle le

parcourir tout entier. Instinctivement, il savait que la solution était proche. « Continuez.

— Les gars de la CIA perdent leur temps ; plus grave : ils nous font perdre le nôtre. La Mafia est dans un sale pétrin depuis que la règle de l'*omerta* n'a plus aucune valeur. Jamais ils ne s'attaqueraient au gouvernement des États-Unis en enlevant la femme d'un ancien Président. Par ailleurs, il n'existe aucun groupe terroriste, ancien ou récent, qui ne soit prêt à jurer qu'il est étranger à cette affaire. Et personne n'a jamais entendu parler de l'Organisation de défense et de libération de Jovunet. Qui plus est, nous n'avons actuellement connaissance d'aucun groupe terroriste utilisant le mot *défense* dans son nom. »

Défense... défendre...

La lumière se fit soudainement dans l'esprit d'Henry. C'était arrivé ici, dans cette salle même, sous les portraits des Washington. Après que l'ambassadeur de Grande-Bretagne eût déclaré à Sunday qu'il regrettait que le président Britland ne l'ait pas connue plus tôt, Sunday avait répondu : « À cette époque, je ne crois pas qu'Henry m'aurait prêté la moindre attention. Lorsqu'il a été élu président la première fois, j'étais étudiante en deuxième année de droit. Quatre ans plus tard, quand il a été réélu, j'étais avocate, je me battais pour mes clients déshérités, dont certains étaient très méritants, d'autres, j'en conviens, des citoyens peu recommandables... »

Henry se souvint : *Et j'ai dit qu'après avoir entendu les histoires qu'elle m'avait racontées à*

*l'issue de ces procès, je me promettais de la pro-
téger contre les attaques de quelques-uns de ses
clients insatisfaits.*

Il se leva, le visage rouge d'excitation. « Voilà
ce que je m'évertuais à trouver ! » s'exclama-
t-il. Il se tourna vers ses deux assistants stupé-
faits. « Sunday essaye de me faire comprendre
qu'un des criminels qu'elle a autrefois défendus est impliqué dans cette histoire ! Fonçons !
Il nous reste peu de temps. »

Sunday savait que sa faculté de s'endormir
pratiquement à volonté était un don du ciel.
Elle espérait seulement que cela ne tournerait
pas à son désavantage cette fois-ci. Les cahots
de la route avaient tellement mis à mal son
épaule qu'au bout d'une heure ou deux elle
avait utilisé ses connaissances en yoga pour
échapper à la douleur. Et, étrangement, elle
s'était endormie.

Avait-elle par la même occasion perdu la
notion du temps ? Depuis combien de temps
roulaient-ils ? Et où allaient-ils ? Il avait mentionné National Airport, mais si l'endroit où il
l'avait séquestrée se trouvait aux abords de
Washington, comme elle le pensait, ils auraient
dû l'atteindre depuis longtemps. Non ; ils se
dirigeaient vers une destination très éloignée
de l'aéroport.

Bien que confinée dans le noir, elle percevait
un bruit réconfortant de circulation. Ce qui
signifiait au moins qu'ils étaient sur une route
nationale. Elle songea à taper du pied contre

137

le couvercle du coffre. Non, c'était inutile, à moins qu'ils ne s'arrêtent pour prendre de l'essence ou pour une autre raison. Mais si elle voulait profiter d'une telle occasion, il lui fallait supporter la douleur et rester éveillée.

Au bout d'un court laps de temps, il lui sembla que la voiture ralentissait. Elle se tortilla, essaya de se mettre en position afin de pouvoir lancer son pied contre l'intérieur du hayon. Trop tard ! La voiture s'était à peine arrêtée qu'elle repartait.

Un péage, pensa-t-elle. Mais sur quelle autoroute ? Dans quel État ? Où allaient-ils ?

Elle eut la réponse une heure plus tard, lorsque Klint ouvrit le coffre et la souleva pour l'en sortir. En dépit du capuchon et de la couverture qui l'enveloppaient de la tête aux pieds, elle perçut l'odeur de la mer.

« *J'ignorais que vous aviez fait partie d'une équipe de maîtres-nageurs quand vous étiez au collège. Qui sait, cela vous sera peut-être utile aujourd'hui* », lui avait dit Klint. Maintenant, elle savait qu'il s'apprêtait à la noyer.

Tandis qu'il la portait hors du coffre, Sunday prononça une prière silencieuse : Pardonnez-moi, mon Dieu, si je me suis un jour plainte de mon sort. Bien des gens n'ont jamais eu même une heure du bonheur que j'ai connu avec Henry. Prenez soin de lui, je vous en prie. Ainsi que de mon père et de ma mère. Ils ont été les meilleurs parents du monde.

Elle sentit que Klint faisait passer le poids de son corps sur un seul bras, entendit le cliquetis d'une clé. Une porte grinça en s'ouvrant. Un instant plus tard, il la déposait sur une chaise.

Les élancements continus dans son épaule ne s'étaient pas calmés, mais la douleur lui importait peu. Rien n'avait plus d'importance désormais, sinon le fait qu'elle jouissait d'un sursis. Sunday modifia sa prière : S'il vous plaît, Seigneur, faites que l'être brillant que j'ai épousé sache déchiffrer le message que j'ai essayé de lui transmettre. Soufflez-lui que *défendre* signifie *défendre les indigents au pénal*. Soufflez-lui de transformer *mocassins* en *sneakers*. Et que son intuition le mène jusqu'à Sneakers Klint et à son malade mental de frère.

Il avait fallu plus d'une heure d'un temps précieux pour reconstituer le message que Sunday avait voulu transmettre à Henry, mais en faisant appel à la CIA et au FBI pour les aider dans leurs recherches, ils étaient enfin parvenus à déterminer qui, parmi ses peu recommandables clients, Sunday désignait dans son message obscur. L'utilisation du mot « défendre » les avait incités à vérifier la longue liste des indigents qu'elle avait représentés au pénal. C'était l'allusion aux chaussures d'Henry qui les avait laissés perplexes. En fin de compte, procédant par opposition, Henry avait déduit qu'en lui rappelant les mocassins anglais qu'il ne portait *pas* ce jour-là, elle parlait des sneakers qu'il avait en réalité aux pieds. C'était cette déduction finale qui leur avait permis de déterminer auquel de ses nombreux clients elle faisait référence.

Henry entra en trombe dans la pièce où Jovunet ronflait bruyamment et lui cria aux oreilles : « Réveille-toi, espèce de salaud ! Terminé de jouer. Tu vas te mettre à table, et tout de suite ! »

Jovunet ouvrit un œil et instinctivement fit mine de chercher sous son oreiller.

« Il n'y a pas de revolver là-dessous, grommela Jack Collins entre ses dents serrées. Ces jours-là sont terminés, pauvre abruti. » Sortant brutalement Jovunet du lit, il le poussa contre le mur. « Nous voulons des réponses. Immédiatement ! »

Jovunet cligna des yeux et d'un air las lissa les plis de son pyjama rayé Calvin Klein. « Vous avez donc fini par deviner, dit-il en soupirant. Après tout, je suis sûr que ce mafioso de John Gotti aurait tout donné pour profiter d'un jour aussi merveilleux. »

Marvin Klein alluma le plafonnier. « Parle, ordonna-t-il. Où devait-on te conduire à bord du supersonique ? »

Jovunet se frotta le menton, regarda alternativement les trois hommes et haussa les épaules. « Je n'en sais rien. »

Henry écarta Collins. « Qui a enlevé ma femme ? »

Jovunet le regarda fixement.

« Qui a enlevé ma femme ? » hurla Henry.

Jovunet se tassa sur lui-même et s'assit sur le rebord du lit, se passant la main sur le front. « J'aurais mieux fait d'éviter de boire du

140

cognac, soupira-t-il. Mais je n'ai jamais su résister au Rémy-Martin VSOP, et le serveur a été très généreux hier soir. » Son regard croisa celui d'Henry et il retrouva soudain sa vivacité. « Vous savez aussi bien que moi que personne n'est prêt à donner un sou pour me sortir de prison, dit-il avec conviction. En trente-cinq ans, il n'y a pas eu un pays, si petit soit-il, avec lequel je n'aie pas joué double jeu. Je n'en suis pas spécialement fier. C'était juste mon moyen de subsistance. » Il marqua une pause et jeta un coup d'œil en direction des deux hommes qui accompagnaient le Président avant de reporter son regard sur ce dernier. « Si nous avions été jusqu'au bout, monsieur le Président, si nous avions pris vous et moi place dans l'avion, je vous avouerais que j'aurais été incapable de vous donner la moindre indication. Personne ne me réclame. J'ignore à quelle sorte de jeu on joue avec vous, mais je ne suis attendu nulle part... Sauf en prison, bien entendu. Car pour moi il est mille fois préférable de redevenir résident permanent de Marion, Ohio, plutôt que d'aller me balader n'importe où ailleurs dans le monde. J'ai beaucoup apprécié cette petite escapade — particulièrement le caviar, qui était exceptionnel — et j'en ai profité au maximum, sachant qu'elle aurait une fin. Je savais que vous ne mettriez pas longtemps à me démasquer. C'est chose faite. »

Henry contempla l'homme qui se tenait devant lui. Il ne ment pas, se dit-il, le cœur serré. « Très bien, Jovunet, qu'évoque pour vous le nom de Sneakers Klint ?

— Sneakers Klint ? » Jovunet parut sincèrement surpris. « Absolument rien. Pourquoi ?

— Nous avons des raisons de croire qu'il peut être impliqué dans l'enlèvement de ma femme ou, plus vraisemblablement, que son frère aîné, Wexler Klint, y participe. Sneakers Klint purge actuellement une peine de prison. Son frère n'a jamais été condamné, mais nous pensons qu'il pourrait avoir un motif d'en vouloir à ma femme. »

Jovunet secoua la tête. « Désolé de vous décevoir, messieurs. J'ai rencontré beaucoup de personnages peu estimables au cours de mon existence, mais malheureusement, votre M. Sneakers Klint et son frère ne font pas partie du lot. »

Deux heures plus tard, alors qu'un soleil matinal perçait péniblement la masse grise des nuages visiblement déterminés à ne pas se dissiper, l'atmosphère dans la salle des opérations du 1600 Pennsylvania Avenue s'était chargée d'électricité.

Vêtu de ses vêtements préférés, chemise et jean confortables, l'actuel Président venait de sortir de ses appartements privés et s'approchait d'Henry, qu'une bonne douche avait ragaillardi après une nuit blanche. L'un des agents des services secrets s'était rendu à l'appartement de l'ancien Président, au Watergate, et en était revenu avec une tenue de pilote ainsi qu'un pull à col roulé noir et un pantalon de sport. Rasé et vêtu de frais, Henry était décidé à retrouver Sunday, coûte que coûte.

Un autre expert de la CIA avait rejoint l'agent Conrad White, tenant de l'hypothèse que la Mafia pouvait être responsable de l'enlèvement de Sunday. Les deux hommes discutaient calmement de la marche à suivre lorsque Henry s'approcha d'eux.

White, qui n'avait pas renoncé à son idée, se tourna vers Henry. « Monsieur, dit-il d'un air convaincu, Sneakers Klint a toujours été proche du milieu, c'est un petit truand qui leur servait d'homme de main à ses heures. J'ai également la quasi-conviction que son frère était à leur solde. Sans doute ont-ils jugé Wexler Klint trop imprévisible. Vous avez eu raison de nous demander de fouiller dans son passé. Jeune, il s'est attiré pas mal d'ennuis. À la fin des années soixante, il semble avoir adopté la culture hippie, et on le soupçonne de s'être associé pendant un temps à des groupes extrémistes underground, encore que son absence totale de formation universitaire soit une tare à leurs yeux et l'ait empêché d'être totalement accepté parmi eux. Le dernier élément de son casier judiciaire est toutefois le plus révélateur. Il y apparaît que quelqu'un se réclamant du SDL — un des groupuscules universitaires les plus violents — avait déposé une lettre sur le comptoir de la Pan Am, à l'aéroport de Newark, menaçant de kidnapper le maire de Hackensack, dans le New Jersey. Wexler Klint

143

a fait partie des suspects, mais l'affaire n'a jamais été élucidée.

« Ensuite, hormis quelques comparutions pour excès de vitesse et tapage nocturne, son nom disparaît des fichiers de la police. Nous savons cependant qu'il a occupé différents emplois. Son quotient intellectuel est très élevé. Si nous y ajoutons le fait qu'il a travaillé dans une usine de produits chimiques et, plus tard, comme mécanicien automobile, nous pouvons...

— Pendant combien de temps comptez-vous poursuivre la litanie ? le coupa Henry, au comble de l'irritation. Tous ces renseignements sont inutiles. Nous savons qui est notre homme.

— Mais monsieur, nous devons...

— Vous devez m'aider à retrouver ma femme. Ensuite vous pourrez analyser la situation autant qu'il vous plaira. Est-ce clair ? Je ne veux pas un profil psychologique ; je veux un plan d'action. » Il s'arrêta, le visage à quelques centimètres de celui de son interlocuteur ébahi. « Eh bien, vous êtes-vous mis d'accord sur une stratégie commune ? »

Resté silencieux pendant les explications de White, l'autre expert répondit : « Tout en compatissant sincèrement aux épreuves que traverse Mme Britland et en comprenant votre désarroi, je crains de ne pouvoir vous offrir autre chose qu'une analyse approximative des mobiles de Klint et de ses éventuelles réactions. » Il fit un signe de tête en direction de White. « Mon collègue et moi-même sommes d'avis d'annoncer aux médias que l'homme que nous recherchons est Wexler Klint, et d'ajouter à cette déclaration que le gouvernement s'engage à le traiter avec bienveillance s'il se rend et, bien entendu, à la condition qu'il relâche votre épouse saine et sauve.

— C'est votre avis à tous les deux ? » interrogea Henry.

White reprit la parole : « À un détail près. Il existe apparemment un fort sentiment de solidarité familiale entre les frères Klint, et notre promesse que les deux frères jouiront d'un droit de visite réciproque dans leurs prisons respectives pourrait inciter notre bonhomme à se rendre sans résistance. »

Cette suggestion resta en suspens tandis qu'Henry continuait à dévisager White.

Avec une expression empreinte à la fois d'incrédulité et de dégoût, il planta là les deux hommes et alla à l'autre bout de la pièce rejoindre son successeur, qui conversait avec plusieurs interlocuteurs. « Des, nous devons partir. J'ai le pressentiment que nous disposons de très peu de temps. Impossible de savoir où Sunday se trouve à présent. » Il se tourna vers Marvin Klein. « Marv, avons-nous une idée de l'endroit où habite Klint ?

— Pas encore, monsieur. Nos hommes cuisinent Sneakers dans la prison de Trenton, mais il persiste à affirmer qu'il ignore où se trouve son frère. Il prétend n'avoir eu aucune nouvelle de lui depuis le jour de sa condamnation. Malheureusement, les enquêteurs pensent qu'il dit sans doute la vérité. »

Jack Collins ajouta : « Ce dont nous sommes sûrs, en revanche, c'est que la famille ne vit plus à Hoboken, où ils habitaient avant l'incarcération de Sneakers. Nous nous sommes rendus sur place. Il semble que le quartier soit devenu plus chic et qu'ils n'aient pu y rester. Sneakers nous a quand même dit que sa mère avait une sœur malade dans les environs immédiats de Washington, où elle possédait une maison, et il pense qu'elle a pu partir s'y installer. Quant à son frère, il paraît qu'il avait toujours des plans grandioses pour se venger du gouvernement et des préjudices dont il prétendait avoir été victime. Leur mère, d'après lui, a toujours été un peu cinglée, comme le frère sans doute. » Collins secoua la tête. « Quoi qu'il en soit, nous vérifions la piste de Washington, en espérant trouver une trace de cette sœur. »

De l'autre bout de la pièce leur parvint soudain un cri d'exultation : « Monsieur, nous sommes parvenus à localiser la maison de la sœur ! Il semble qu'elle soit morte récemment, mais nous pensons que la mère des frères Klint y habite toujours et, très probablement, Wexler Klint aussi.

— En route ! s'écria Henry. Je parie que c'est là que nous allons retrouver Sunday. »

Vingt minutes plus tard, Henry Britland contemplait d'un air désespéré le sous-sol d'une maison à moitié abandonnée de Georgetown. Il tenait la veste de Sunday à la main. Au dossier de la chaise sur laquelle elle avait été photographiée pendaient encore des morceaux de corde. Henry vit l'agent qui photographiait les lieux s'arrêter et s'accroupir près d'un barreau.

« Qu'y a-t-il ? » demanda-t-il.

L'inspecteur hésita. « Je crains que ça ne soit du sang, monsieur. »

Bouleversé, Henry imagina la scène. En coupant à la hâte les liens de Sunday, Klint lui avait entaillé la jambe. Blême de rage, l'ex-président se détourna. Je le tuerai, se jura-t-il intérieurement. Je le trouverai et je le tuerai.

Jack Collins examina la trace rouge. « Monsieur, ne vous faites pas trop de souci ; étant donné la faible quantité de sang qui semble avoir été versée, je pense que la blessure est superficielle. On dirait presque que Mme Britland a voulu laisser une trace. » Il se redressa. « Monsieur, il est neuf heures. Que décidez-vous ? »

Henry serrait et desserrait ses doigts sur la veste de tweed qui exhalait encore un des parfums favoris de Sunday. « Je veux parler à la mère.

— Vous n'en tirerez pas grand-chose. Elle est terrifiée et complètement tourneboulée. Tout ce qu'elle a pu nous dire, c'est que son fils a amené une dame à la maison, mais qu'il n'a pas voulu la laisser descendre au sous-sol pour faire sa connaissance. »

Henry trouva la vieille femme assise sur un divan délabré dans le minuscule salon de la petite maison. Son expression était lointaine, vaguement triste, et elle se balançait d'avant en arrière en fredonnant une chanson.

Il s'assit à côté d'elle. Riches ou pauvres, nous sommes tous les mêmes lorsque le cerveau se détraque... Sa propre grand-mère avait été atteinte de la maladie d'Alzheimer.

Se souvenant de la manière dont il s'adressait à elle, il prit la main frêle dans la sienne. « Vous fredonnez une jolie chanson, dit-il. *Les Trois Souris aveugles*, n'est-ce pas ? Pourquoi la chantez-vous ? »

Elle le regarda. « Tout le monde est en colère contre moi, dit-elle.

— Personne ne vous en veut », l'apaisa Henry. Il sentit la main de la vieille dame se détendre entre ses doigts.

« J'ai laissé tourner le lait. Mon fils m'a dit de chanter avec lui. Mais quand il s'est fâché contre moi, j'ai laissé le lait tourner.

— Ce n'est pas bien grave. Il n'aurait pas dû se mettre en colère. Où se trouve-t-il, maintenant ?

— Il a dit qu'il emmenait son amie nager. »

Henry sentit l'angoisse lui serrer la gorge. L'enveloppe qui contenait une mèche des cheveux de Sunday était trempée d'eau de mer — bien sûr, il aurait dû faire le rapprochement... Il parvint à demander : « Quand sont-ils partis ?

— Ils iront se baigner quand l'avion partira. Je voulais y aller moi aussi, mais il a dit que c'était trop loin. Est-ce que le New Jersey est loin ? Je suis de là-bas, vous savez.

148

— Le New Jersey ? dit Henry. Savez-vous à quel endroit ?

— Je sais où c'est. Mais c'est trop loin. » Elle baissa la tête. « Est-ce que Long Branch est trop loin ? Je me plaisais là-bas. J'aimais mieux la maison que celle que nous avions à Hoboken. Elle était près de la mer. Quand l'avion partira, ils iront se baigner. » Elle ferma les yeux et se remit à fredonner.

Lui tapotant la main, Henry se leva. « Ne la brusquez pas, ordonna-t-il à l'agent qui se tenait à la porte. Asseyez-vous près d'elle, parlez-lui et surtout, *écoutez* ce qu'elle dit. »

À dix heures moins dix, des caméras de télévision filmèrent la procession des agents des services secrets qui escortaient l'ex-président des États-Unis, Henry Parker Britland, et Claudus Jovunet pendant qu'ils traversaient l'aire de béton vers le supersonique présidentiel.

Quand ils atteignirent la passerelle d'embarquement, les agents se reculèrent et regardèrent Britland et Jovunet monter seuls les marches puis fermer la porte de l'appareil derrière eux.

« Jovunet a informé le gouvernement qu'il n'avait pas l'intention de dévoiler sa destination avant qu'on ne lui ait servi un brunch, déclara Dan Rather à ses auditeurs. Le menu qu'il a exigé comprend des huîtres, une omelette au caviar, un châteaubriant aux asperges, et un choix de pâtisseries, le tout accompagné de grands crus, avec un porto millésimé pour terminer. Le chef du Lion-d'Or est monté à bord dans la matinée pour préparer le repas et il débarquera naturellement dès que le service sera terminé. L'ex-président fera alors enregistrer son plan de vol et ils prendront le départ.

« On ne nous a communiqué aucune nouvelle supplémentaire des ravisseurs de l'épouse de M. Britland, la représentante Sandra O'Brian Britland, mais d'après nos informations elle ne sera pas relâchée avant que l'avion n'ait atteint sa destination, cette dernière restant encore cachée.

« Le dénouement est donc proche, continua Rather. En attendant, grâce à l'obligeance d'un spectateur, nous avons reçu une petite séquence d'amateur où Mme Britland, alors âgée de dix ans, apparaît dans un spectacle de danse donné par les élèves de son école... »

Ô mon Dieu, faillit s'exclamer Sunday en se voyant parader sur scène en tutu vert, brandissant une baguette magique étincelante. C'est une plaisanterie ou quoi ?

Elle était restée encapuchonnée pendant qu'il la conduisait jusqu'ici. L'endroit où ils se trouvaient maintenant lui paraissait encore plus miteux que le précédent, si c'était possible. Klint avait apporté sa télévision, et l'avait branchée dans la douille d'où pendait aussi l'ampoule à peine plus forte qu'une veilleuse.

La chaise métallique à laquelle elle était attachée avait des angles aigus et rouillés, mais Sunday ne se souciait plus de ces détails. Une seule chose importait : qu'Henry ait reçu et décodé son message. Ce n'était pas lui qui était apparu à l'écran en tenue de pilote, elle en était certaine. C'était sans doute l'agent qui lui servait parfois de doublure, quand on voulait faire croire aux spectateurs qu'ils avaient vu le Président monter à bord d'un hélicoptère pour se rendre à Camp David.

Quant à la description du brunch, elle faisait partie d'une tactique destinée à gagner du temps. Mais Wexler Klint était-il dupe ? Elle jeta un regard prudent vers le coin de la pièce où son ravisseur était affalé sur un matelas moisi, sa robe de moine en tas à côté de lui. Il avait revêtu une combinaison de plongée, et tirait avec impatience sur le tissu caoutchouté qui le comprimait.

Sunday tenta de contenir la panique qui s'emparait d'elle. Si Henry a suivi mes indices et compulsé mes vieux dossiers, il est forcément tombé sur le nom de Sneakers, se rassura-t-elle. En ce moment, il est en train de me rechercher. Sinon il serait à bord de cet avion.

À quelque quatre-vingts kilomètres de là, l'hélicoptère personnel d'Henry tournait au-dessus de Long Branch, dans le New Jersey. Les agents des services secrets avaient envahi chaque mètre carré de terrain en bordure de mer. D'autres sonnaient aux portes et fouillaient toutes les maisons qui paraissaient vides.

« Monsieur, si elle se trouve dans ces parages, nous allons la trouver, répéta Marvin Klein pour la cinquième fois en moins d'une demi-heure.

— Mais s'il y a le moindre soupçon de réalité dans ce que nous a raconté cette pauvre vieille, comment expliquer qu'il n'existe aucune trace de leur séjour dans cette région ? Nous n'avons pas déniché un seul document mentionnant le nom de Klint à Long Branch, ni même dans les environs, objecta Henry, l'air frustré. Toute l'histoire est peut-être le fruit de l'imagination de cette femme. »

Le temps presse. Le temps presse, se répétait-il sans cesse. Rien ne prouve que nous ne nous sommes pas lancés sur une fausse piste. Klint pouvait aussi bien avoir emmené Sunday sur une plage de Caroline du Nord, à des kilomètres de là. Peut-être n'avaient-ils même jamais possédé de maison dans le coin, peut-être étaient-ils seulement locataires. À moins qu'ils n'aient utilisé un nom d'emprunt. Comment explorer toutes ces possibilités ?

« Appelez-moi la prison de Trenton au téléphone, demanda-t-il à Klein. Je veux parler encore une fois à Sneakers. »

Le temps passant sans apporter le moindre élément nouveau, les journalistes en étaient réduits à rediffuser les maigres informations déjà connues concernant le drame. Les caméras restaient braquées sur le supersonique stationné en bout de piste.

« Il est maintenant presque midi, le brunch va certainement prendre fin, annonça Tom

Brokow à ses auditeurs. D'un instant à l'autre, nous devrions voir le chef cuisinier sortir de l'avion. » Il ne dit pas que, comme les autres reporters présents sur place, il commençait à soupçonner que tout ce cirque n'était destiné qu'à retarder l'opération.

« Si cet avion ne décolle pas à midi trente, vous ne serez plus là pour faire un petit salut à votre mari, dit Wexler Klint d'un ton furieux. J'en ai marre de toutes ces salades. Je finis par penser qu'ils se fichent de moi. » Il se leva et alla jusqu'à la porte, l'ouvrit et regarda au-dehors. « Le ciel se couvre à nouveau. Et le vent s'est levé. Tant mieux, il n'y aura personne sur la plage aujourd'hui. »

Il quitta la pièce et revint avec un gros réveille-matin d'autrefois. Il le remonta bruyamment et le mit à l'heure. Puis il régla l'alarme, plaça le réveil sur le sol et regarda Sunday en souriant. « À midi trente, nous irons tous les deux prendre un petit bain de mer. »

Claudus Jovunet termina les dernières bouchées de son caviar. Il n'y avait, bien entendu, aucun cuisinier à bord, simplement la doublure du Président et un groupe d'agents secrets. Néanmoins il avait profité de son repas composé des restes du festin de la veille. « Seigneur, je suis vraiment fait pour ce genre de vie ! » fit-il avec un soupir. Il contempla avec envie la cabine luxueusement décorée. Puis son regard se posa sur les valises Vuitton qui contenaient sa nouvelle garde-robe. Comme elle faisait partie de la mystification, les agents secrets avaient accepté de l'embarquer.

« Croyez-vous qu'en remerciement de ma coopération, ils me permettront de garder les cravates de chez Belois une fois que je serai retourné à Marion ? » demanda-t-il au sosie d'Henry.

« Monsieur le Président, si je pouvais vous aider, je le ferais de bon cœur, dit Sneakers Klint d'une voix plaintive. Croyez-moi, les gardiens ici sont pas toujours très commodes, si vous voyez ce que je veux dire. » Il s'interrompit. « Bon, voilà tout ce que je sais. Maman a eu Wex à l'âge de quarante-trois ans, et moi à quarante-cinq. Notre père ? Je l'ai pas connu, et maman n'en parlait jamais. Il s'est tiré quelque temps après mon arrivée, j'suppose.

— Je connais votre histoire familiale, dit Henry, avide d'apprendre quelque chose de nouveau, n'importe quoi.

— Mais si j'la répète, c'est parce que c'était pas la faute de maman. Wex et moi on est tombés entre les pattes de crapules, mais maman a fait ce qu'elle a pu. Elle nous a envoyés à l'école, et Wex a même fréquenté des types qui allaient au collège. On était malins tous les deux, vraiment malins. Mais bon, qu'est-ce qu'on y peut, hein ?

— Dites-moi, votre mère a-t-elle jamais été propriétaire d'une maison à Long Branch, dans le New Jersey ? l'interrompit Henry. C'est tout ce que je veux savoir.

— Écoutez, maman, elle va sur ses quatre-vingt-dix ans. Fichez-lui la paix. Elle sait même pas si je suis en prison ou parti faire une croisière. Elle est à côté de la plaque. Et mon frère idem, à part que, pour lui, on peut pas accuser son âge. Il est tout bonnement fêlé.

— Ça suffit, dit Henry, hurlant presque. Je m'en fiche. Je ne vous demande qu'une chose : serait-il possible que votre frère se trouve à Long Beach ?

— Vous avez dit Long Branch, avant, corrigea Sneakers. C'est bien ça, hein ? En fait, on allait souvent à Long Beach Island. Wex et maman aimaient bien cet endroit. Wex passait son temps à dire qu'un jour on entendrait parler de lui. Il avait des projets dingues pour accomplir un truc qui le ferait entrer dans l'Histoire, comme il disait. Une fois, il avait eu des ennuis parce qu'il avait menacé d'enlever le maire de Hackensack... »

Henry n'écoutait plus. Long Beach Island. Je voulais dire Long Branch. Mme Klint aurait-elle fait le même genre de lapsus ? Elle au moins a une excuse.

Long Beach Island était située à seulement quatre-vingts kilomètres au sud de Long Branch, autant dire mille kilomètres, étant donné le peu de temps dont ils disposaient.

Henry griffonna une note à l'intention de Marvin Klein. Elle disait simplement : « Long Beach Island. »

Dix secondes plus tard, la flotte d'hélicoptères au complet avait mis le cap au sud, pleins gaz, pour tenter d'atteindre Long Beach Island à temps. Il était midi vingt-huit.

Dan Rather était à l'antenne cette fois, la vue du supersonique présidentiel apparaissant sur l'écran derrière lui. L'avion se trouvait encore sur la piste, et il semblait n'y avoir aucune activité alentour. Dan classa quelques papiers disposés devant lui, puis regarda vers la droite, comme s'il attendait des instructions. Se retournant vers la caméra, il dit : « Aux dernières nouvelles, le plan de vol a été rempli, mais le départ de l'appareil est retardé en raison d'un ennui technique de dernière minute. Le président Desmond Ogilvey s'apprête à lancer un appel personnel aux ravisseurs de Mme Britland, leur demandant de prendre patience et de laisser à l'équipe au sol le temps de régler ce problème mécanique. »

La télévision constituait la seule source de lumière dans le sombre sous-sol situé quelque part sur la côte du New Jersey. La voix du président Ogilvey se répercutait sur les murs avec un son caverneux. Il n'y avait plus personne pour l'entendre.

T.S. Éliot a écrit que le monde ne finit pas dans un bang mais dans un gémissement, pensa Sunday tandis que son ravisseur l'entraînait brutalement vers l'océan gris et menaçant, mais plutôt crever que me mettre à gémir maintenant ! Ses bras étaient à présent attachés par-devant, et, bien que ses pieds fussent toujours entravés, la corde était suffisamment lâche pour lui permettre de sautiller sur le sable. Corseté dans sa combinaison de plongée, avec masque et bouteille d'oxygène, Wexler Klint la forçait à avancer. Il avait passé son bras autour d'elle et l'obligeait à presser le pas.

Elle doit être glaciale, se dit Sunday. Même si j'avais une chance de lui échapper, je ne m'en tirerais pas. L'hypothermie m'achèverait. Oh, Henry, je pensais pouvoir faire quelque chose de ma vie. Je voulais me rendre utile à des gens qui le méritent, pour te retrouver ensuite. Notre existence aurait été merveilleuse. Je suis tellement malheureuse de devoir y renoncer.

Ils étaient arrivés au bord de l'eau et elle sentit le ressac glacé lui lécher les pieds.

Mon Dieu, qu'elle était froide !

Une vague se brisa contre ses genoux.

Dès ma tendre enfance, j'ai aimé la mer, se souvint-elle. Elle se revoyait, petite fille, sur cette même côte du New Jersey, toujours attirée vers l'eau. Maman disait qu'il aurait fallu avoir des yeux derrière la tête pour me surveiller sur la plage. Si seulement je pouvais avoir ces yeux aujourd'hui ! Adieu, maman ; adieu, papa.

Elle était plongée dans l'eau tourbillonnante jusqu'à la taille ; le contre-courant lui tirait déjà les pieds vers le large. « Henry, je t'aime », murmura-t-elle tout bas.

Le regard impassible, Klint continuait à

entraîner Sunday de plus en plus loin du rivage. L'étanchéité de la combinaison et le rugissement des vagues l'empêchaient d'entendre le faible vrombissement qui provenait de l'extrémité nord de la plage et grandissait de minute en minute.

Son intention était de tirer Sunday au fond de l'eau, de la noyer loin de la côte, afin que son corps soit emporté par le courant. Peut-être serait-il rejeté sur la plage dans quelques jours, ou dans un mois, mais qu'importerait alors ? Elle serait morte, et c'était tout ce qui comptait. Il ne se souciait même pas d'être pris. Il aurait laissé sa marque. Il aurait son nom inscrit dans les livres d'histoire.

« Monsieur, à gauche, regardez ! »

Henry se précipita sur l'autre bord de l'appareil. À travers ses jumelles, il distinguait une silhouette, dans l'eau, à une vingtaine de mètres du rivage. Elle semblait se débattre avec quelque chose. De quoi s'agissait-il ? Sans doute d'un pêcheur solitaire décidé à s'emparer de sa prise coûte que coûte. Le temps était trop précieux pour se lancer sur une mauvaise piste.

Ils se rapprochaient. Il ajusta ses jumelles à nouveau et finit par les apercevoir : des cheveux blonds, qui flottaient sur la surface agitée de l'eau. Sunday, se dit-il, c'est sûrement Sunday !

« Piquez ! » hurla-t-il.

L'hélicoptère descendit en rugissant.

Fermement maintenue par Klint, Sunday se débattait désespérément, sans parvenir à garder la tête hors de l'eau. *Adieu, Henry,* pensa-t-elle.

C'est alors seulement que Klint entendit le grondement des hélicoptères, leva la tête et comprit ce qui l'attendait. Dans un effort désespéré, il entoura le cou de Sunday de ses deux bras et la tira sous l'eau. Il avait encore le temps d'en finir avec elle. Il allait leur montrer, à ces imbéciles. Il les haïssait tous.

Cette bande d'abrutis de Washington.

Telle fut la dernière pensée de Wexler Klint avant de se réveiller, quelques minutes plus tard, entre les mains de la police.

Le plongeon d'Henry lui permit de remonter immédiatement à la surface. D'un bras il saisit Sunday, de l'autre il arracha le masque qui recouvrait le visage de Klint et lui fit une prise au cou afin de le réduire à l'impuissance. Qu'il se noie, souhaita Henry au moment où les hélicoptères déversaient une nuée d'hommes dans la mer.

« Mon amour, mon amour », répétait-il à Sunday, la halant à travers les vagues.

« Henry, mon chéri, lui répondit-elle en écho, les bras passés autour de son cou. Surtout, ne m'embrasse pas avant que je me sois lavé les dents. »

Dans sa vie, Henry Parker Britland IV avait

rarement dit à quelqu'un de la fermer, mais il faillit le faire à cet instant. Il avait les larmes au bord des yeux lorsqu'il atteignit la rive, portant Sunday au creux de ses bras. Sans tenir compte de son souhait, il l'embrassa sur les lèvres et murmura : « Tiens-toi un peu tranquille, chérie. »

Un gloussement s'échappa des dents serrées de Sunday.

Il la dévisagea longuement. C'est une réaction nerveuse, pensa-t-il. « Laisse-toi aller, dit-il doucement, tu as passé des moments horriblement éprouvants. » Puis il ajouta d'un ton stupéfait : « Mais ma parole, tu ris !

— Oh, ce n'est pas à cause de toi, mon chéri, dit-elle, enfouissant son visage dans son cou. Je me disais seulement que c'était une curieuse époque de l'année pour rejouer la scène de Burt Lancaster et Deborah Kerr.

— De quoi parles-tu ? demanda Henry, de plus en plus perplexe.

— De *Tant qu'il y aura des hommes*. »

Le bacon frit était pratiquement carbonisé. Le toast, froid et dur, rappela à Sunday les piètres talents culinaires de sa grand-mère. Granny n'avait jamais voulu renoncer à son antique grille-pain, attendant que des nuages de fumée indiquent le moment de retourner les toasts. Quand un côté était proprement calciné, elle raclait consciencieusement la surface noircie au-dessus de l'évier et servait avec entrain ce qu'il restait.

Mais Sunday avait faim et, si médiocre que fût son repas, il était au moins reconstituant. Par ailleurs, le thé était très fort, exactement comme elle l'aimait. Il l'aida à dissiper le brouillard qui lui obscurcissait les idées. La sensation d'irréalité s'estompait, et elle commençait à prendre conscience du sérieux de la situation. Il ne s'agissait ni d'un cauchemar ni d'une mauvaise plaisanterie. L'homme en robe de moine, soit seul, avec l'aide de complices, était parvenu à trafiquer sa voiture, qui était pourtant restée pratiquement en permanence dans une zone de sécurité, à mettre hors de combat les agents des services secrets, et à l'enlever.

Le rapt a sans doute eu lieu peu après trois heures, réfléchit-elle. Dan Rather est passé à l'antenne à six heures trente, et il doit être plus de sept heures à présent. Cela signifie que je suis consciente depuis moins d'une heure. Depuis combien de temps suis-je ici et quelle distance avons-nous parcourue. Tous ces éléments rassemblés, Sunday en conclut qu'elle se trouvait probablement près de Washington. Vu les conditions atmosphériques, on n'avait pu la conduire très loin hors de la ville.

Mais où suis-je donc ? Et quel est cet endroit ? La maison où il habite ? C'est possible. Et combien sont-ils ? Jusqu'ici, elle avait vu uniquement l'homme habillé en moine et entendu une voix qui semblait appartenir à une vieille femme. Toutefois, rien ne prouvait qu''' étaient seuls. Il était peu plausible mais possible que cet homme ait agi sans l'aide de personne. Il était apparemment très fort ; il pouvait l'avoir sortie seul de la voiture où elle gisait, inerte, pour la transporter dans la sienne.

Puis la question essentielle jaillit dans son esprit encore embrumé : qu'allaient-ils faire d'elle ?

Elle baissa les yeux vers le plateau où étaient disposées sa tasse et son assiette, placé en équilibre sur ses genoux. Elle aurait voulu se pencher et le poser par terre mais la douleur sourde de son épaule empirait, sans doute accrue par la pression de ses liens et le froid humide qui régnait dans la cave. À l'évidence, elle souffrait d'autre chose que d'une simple ecchymose à l'avant-bras. Elle aurait dû laisser Henry l'emmener chez le radiologue après sa chute de cheval. Le choc avait peut-être provoqué une légère fracture, après tout...

Allons ! Je suis folle, se dit-elle. Me voilà en train de me soucier d'une éventuelle fracture alors que je risque ma peau ! Ils ne me relâcheront jamais avant que ce terroriste, Jovunet, ait atteint sa destination. Et une fois qu'il se trouvera en sûreté, quelle assurance ai-je qu'ils me libéreront ?

« Madame la Représentante ? »

Elle tourna vivement la tête. Son ravisseur se tenait dans l'embrasure de la porte. Je ne l'ai pas entendu descendre l'escalier, se dit-elle. Depuis combien de temps m'observe-t-il ?

Sa voix avait un ton amusé lorsqu'il lui dit : « Manger un morceau fait des miracles, n'est-ce pas ? Surtout après la drogue que je vous ai administrée. Il se peut que vous ayez un léger mal de tête, mais ne vous inquiétez pas, ça ne durera pas. »

Il s'approcha d'elle. Sunday eut un mouvement de recul instinctif au contact de ses mains sur ses épaules. Elle grimaça en les sentant s'attarder, presque caressantes. « Vous avez vraiment de très beaux cheveux, dit-il. J'espère seulement ne pas être obligé d'en couper une trop grande quantité afin de persuader votre mari et son entourage que je parle sérieusement. Maintenant, laissez-moi vous débarrasser de ce plateau. »

Il l'ôta des genoux de Sunday et le plaça sur le poste de télévision. « Mettez vos mains dans votre dos », ordonna-t-il.

Elle ne pouvait qu'obéir.

« Je vais essayer de ne pas nouer la corde trop serrée, dit-il. Et prévenez-moi si vos jambes commencent à s'ankyloser. Lorsque notre homme sera arrivé sain et sauf là où il doit se rendre, je n'aimerais pas avoir à vous porter jusqu'à l'endroit où je vous abandonnerai.

— Attendez une minute avant de m'attacher les bras, demanda vivement Sunday. Vous avez gardé ma veste. Il fait horriblement froid ici. Laissez-moi la remettre. »

Feignant de ne pas l'avoir entendue, il ramena ses bras en arrière et lui lia les poignets, joignant étroitement ses paumes. Sunday serra les dents en sentant un élancement douloureux parcourir son épaule droite.

Même dans la pénombre, son ravisseur n'avait pu manquer de voir ou de deviner sa réaction. « Je ne désire pas vous faire mal inutilement, lui dit-il, relâchant un peu la tension. Et vous avez raison, il fait glacial en bas. Je vous apporterai une couverture. »

Puis il se baissa pour ramasser quelque chose sur le sol. Sunday tourna la tête et étouffa une protestation. C'était l'affreux capuchon qu'elle portait à son réveil. Cet homme était étrangement aimable avec elle, mais elle ne lui faisait pas confiance. Toute cette histoire paraissait tellement bizarre. Elle avait le sentiment pénible qu'il jouait avec elle, que quelque chose d'horrible l'attendait. La perspective de se retrouver avec cette coiffe étouffante sur la tête faillit la faire hurler, mais elle se retint. Elle n'allait pas lui donner la satisfaction de la voir perdre son contrôle.

Elle prit au contraire son ton le plus posé : « Pourquoi ai-je besoin de ce truc ? Il n'y a vraiment pas grand-chose à voir ici, et je ne risque pas de faire signe à un passant. »

OHÉ DU *COLUMBIA* !

THE NEW YORK TIMES, *8 novembre*

« L'ex-président Henry Parker Britland IV vient d'acheter le yacht *Columbia*, qui battra à nouveau le pavillon de la famille. Construit pour la famille Britland et lancé en 1940, le *Columbia* fut vendu en 1964 à feu Hodgins Weatherby. Peu de temps avant cette vente, le yacht avait été le théâtre de la mystérieuse disparition du Premier ministre du Costa Barria, Garcia del Rio, toujours inexpliquée à ce jour.

« Depuis qu'il n'était plus la propriété des Britland, le bateau avait la réputation d'être hanté, en raison non seulement de la disparition du ministre, mais du comportement excentrique et parfois discutable de son dernier propriétaire.

« Plus grand et apparemment beaucoup plus luxueux que le *Séquoia*, le yacht présidentiel *Columbia* fut l'une des retraites favorites des chefs d'État américains, depuis le président Roosevelt jusqu'à Gerald Ford. »

Dans l'Edwardian Room du Plaza, à New

York, Congor Reuthers, sa mince silhouette musclée tassée dans un fauteuil, lisait à voix haute l'article du journal et regardait d'un air inquiet son employeur qui lui en avait donné l'ordre.

Ils étaient assis à une table près d'une fenêtre donnant sur Central Park, et seul le clop-clop étouffé des calèches à cheval montant de la rue rompait le silence qui régnait dans la pièce élégamment meublée. En attendant la réaction qui n'allait pas tarder à survenir, Reuthers revit sa première chasse au renard. Alors jeune et innocent, il s'était demandé ce qu'éprouvait le renard une fois pris au piège. Maintenant il le savait.

Ce qu'il avait prévu arriva. Son employeur reposa lentement sa tasse de café dans la soucoupe. Même les lentilles bleues ne purent cacher la fureur dévastatrice qui brûlait dans ses yeux noirs. Comme toujours, Angelica voyageait incognito. Aujourd'hui, elle était lady Roth-Jones, portait des verres de contact bleus, une perruque blond foncé à la coupe sévère, un tailleur de tweed et des chaussures à talons plats.

Reuthers ne put soutenir son regard.

« Je suis navré », murmura-t-il, regrettant immédiatement d'avoir ouvert la bouche.

« Vous êtes navré. » Le ton était neutre. « J'espérais de votre part une réponse plus appropriée. Où était passé Carlos ?

— Il était présent, ainsi qu'il en avait reçu l'ordre.

— Alors pourquoi n'a-t-il pas enchéri ?

164

Non, je veux dire, pourquoi n'a-t-il pas *acheté* le bateau ?

— Il a eu peur que l'un des agents des services secrets ne le reconnaisse. Tout le monde ignorait que Britland avait l'intention de se déplacer. Nous n'avions pas prévu une telle compétition. Carlos s'est précipité hors de la salle pour demander à Roberto de venir couvrir l'enchère. Mais lorsque Roberto a pu franchir le barrage de sécurité, le président Britland avait déjà triplé la mise à prix. Une minute plus tard, il était propriétaire du yacht. Le produit de la vente ira à un organisme de bienfaisance... »

Son vis-à-vis le fixa longuement sans rien dire avant de demander : « À quel usage Britland destine-t-il le bateau ? »

Cette fois, Reuthers aurait préféré avoir avalé sa langue plutôt que de répondre. « Il paraît qu'il compte prendre la mer dès que possible et se rendre dans sa marina privée de Boca Raton, en Floride. Il a un diplôme d'architecte, comme vous le savez, et il a l'intention d'en rénover l'intérieur lui-même avant d'en faire don au gouvernement qui y recevra à nouveau les chefs d'État en visite. Ce don sera accompagné d'une somme substantielle destinée à son entretien.

— Nous savons ce que cela signifie. »

Reuthers acquiesça d'un air penaud.

« Ni Carlos ni Roberto ne me sont plus d'aucune utilité. » Les doigts qui tenaient la délicate tasse de porcelaine se crispèrent convulsivement.

« Tout de même... » Reuthers serra les lèvres, étouffant une protestation.

« Tout de même ? » Les mots jaillirent avec un sifflement venimeux. « Prenez garde de ne pas faire partie du même lot. De quelle utilité m'êtes-vous ? Vous auriez dû savoir que Britland avait l'intention de se porter acquéreur du *Columbia*. » Ses yeux durs jetèrent à Reuthers un regard à vous glacer le sang. « Disparaissez de ma vue maintenant ! »

« Henry, chéri, je n'arrive toujours pas à y croire », soupira Sunday en s'appuyant à la rambarde du *Columbia*, plissant les yeux pour apercevoir Belle Maris, la propriété de bord de mer des Britland en Floride. Tendant le cou, elle écarta une mèche de cheveux blonds qui cachait ses yeux bleus au regard pétillant.

« *Ma toute-belle, mon épousée, mon dernier, mon éternel, mon plus beau cadeau du ciel, mon enchantement toujours renouvelé* », se répétait Henry en la contemplant de la chaise longue sur laquelle il était allongé, étudiant les plans du *Columbia*. Depuis l'enlèvement récent de Sunday, ces doux vers de Milton lui venaient fréquemment à l'esprit.

« Pourquoi n'y crois-tu pas ?

— Parce que, à l'âge de neuf ans, j'ai lu un livre sur le *Columbia*, et essayé de me représenter le président Roosevelt et Winston Churchill descendant le Potomac à son bord. Peux-tu imaginer leurs conversations ? Et le président Truman qui jouait du piano pour ses invités quand Bess et lui recevaient sur le bateau. Et les Kennedy et les Johnson... Ils adoraient tous ce yacht, et sais-tu que Gerald Ford s'entraînait au golf sur le pont avant ?

— Et que le capitaine a pris une balle dans la figure ? » ajouta Henry sans sourciller. « On dit que l'équipage recevait une prime de risque lorsque Ford sortait ses clubs de golf. »

Sunday sourit. « J'aurais dû me douter que tu savais toute l'histoire du *Columbia*. Tu y as presque grandi. » Sa mine se rembrunit. « Et je sais que tu n'as jamais oublié cette nuit où le Premier ministre del Rio a disparu. C'est compréhensible. Sa mort plane encore sur nous.

— J'avais douze ans, dit Henry d'un air grave. Et je suis le dernier à qui il ait parlé avant d'aller fumer une cigarette sur le pont. L'homme le plus charmant que j'aie jamais connu. Il m'avait demandé de faire quelques pas avec lui. »

Sunday vit le regard de son mari s'assombrir. Elle s'approcha de la chaise longue et s'assit sur le bord.

Henry bougea ses jambes pour lui faire de la place et lui prit la main. « Comme j'étais le seul représentant de ma génération, mon père m'emmenait partout. Seigneur ! je suis même parti avec lui rendre visite au shah d'Iran durant les jours de gloire du royaume. »

Sunday ne se lassait jamais d'écouter les récits de jeunesse d'Henry. Son expérience était si différente de celle qu'elle avait connue dans le New Jersey, elle, la fille d'un conducteur de locomotive du New Jersey Central.

Aujourd'hui, aussi curieuse qu'elle fût de l'entendre parler de sa visite au shah, Sunday était plus intéressée par ce qui s'était passé sur le *Columbia* lors de cette nuit tragique. « J'ignorais que tu étais le dernier à avoir parlé à del Rio, dit-elle doucement.

— Le dîner avait été très agréable, poursuivit Henry. Le Premier ministre avait annoncé la proposition faite par mon père d'envoyer sa compagnie de travaux publics construire au Costa Barria une série de ponts, de tunnels et de routes, dont la moitié du coût représenterait sa contribution personnelle au développement de ce pays. Une amélioration considérable pour l'économie. Toutes les personnes présentes comprirent qu'elle aurait pour résultat de maintenir del Rio au pouvoir, et par conséquent d'empêcher le pays de retomber entre les mains de la dictature.

— Del Rio et ses partisans ont dû se réjouir de cette décision, dit Sunday. Crois-tu possible qu'il se soit suicidé ? » Remarquant l'expression soucieuse qui envahissait le visage de son mari, elle ajouta : « Henry, chéri, je comprends qu'il te soit extrêmement pénible de remuer toute cette histoire. Dis-moi franchement si tu préfères que je prenne le large. »

Henry leva les yeux. « Dans ce cas, il te faudra couvrir une bonne distance à la nage pour atteindre la rive. Et, bien que tu ne l'aies pas mentionné — pas encore —, je sais que tu n'as toujours pas décidé quel serait ton vote à la

Chambre des représentants concernant le renouvellement de l'aide au Costa Barria. »

Sur la défensive, Sunday répliqua : « Tu penses qu'il serait préférable de continuer à les étrangler, n'est-ce pas ? Mais comment ignorer l'existence d'une île de huit millions d'habitants dont la presque totalité vit dans la pauvreté et qui ont désespérément besoin de notre aide ? »

— Bobby Kennedy a utilisé un argument similaire lorsqu'il a été question de l'ouverture de la Chine.

— C'était en 1968, n'est-ce pas ?

— En juin 1968, pour être précis. Pour en revenir au Premier ministre du Costa Barria, c'était un grand ami de mon père et il séjournait à la maison régulièrement. Je suis fier de dire qu'il m'avait pris en affection, et, comme je m'étais mis dans la tête d'en apprendre le maximum sur son pays, il s'amusait souvent à me poser des colles. Ce dernier jour, nous nous étions baignés dans la piscine en plein air. C'était un après-midi radieux, mais il semblait mélancolique. Il m'a dit quelque chose de très étrange. D'un air sombre, il m'a confié que les dernières paroles de César le poursuivaient.

— *"Et tu, Brute"* ? Que signifiaient donc ces mots pour lui ?

— Je l'ignore. Il vivait dans l'appréhension d'être un jour assassiné, c'est certain. Une crainte constante. Mais il s'était toujours senti en sécurité à bord du *Columbia*. Cependant, je *sais* qu'il était sujet à des accès de dépression, et d'après ce que je comprends aujourd'hui, cette angoisse pourrait l'avoir fait basculer ce soir-là.

— C'est plausible, fit Sunday.

— Comme je viens de te le dire, le dîner fut très agréable et se termina à dix heures et quart. Mme del Rio se retira tout de suite, mais le Premier ministre s'attarda un moment pour bavarder de tout et de rien. Puis, comme je m'apprêtais à quitter la salle à manger, il m'invita à faire un tour avec lui sur le pont. Je répondis que j'avais promis à ma mère de lui téléphoner à dix heures et demie. Levant alors les yeux vers lui, je me rendis compte qu'en dépit de son attitude affable, del Rio était profondément troublé. Je me repris immédiatement et lui assurai que ma mère ne m'en voudrait pas de la négliger pour lui, qu'elle serait très honorée de voir son fils lui tenir compagnie.

— Tu n'as donc rien à te reprocher », souligna Sunday.

Henry regarda la mer au loin. « Je me souviens qu'il m'a donné une tape sur l'épaule en me disant que je ne devais pas décevoir ma mère, que c'était peut-être mieux ainsi. Il a ajouté qu'il préférait être seul, en fin de compte, qu'il avait une question très importante à résoudre. Puis il m'a embrassé et, dans le même temps, il a pris subrepticement une enveloppe dans une de ses poches et l'a glissée dans une des miennes, me chuchotant de la conserver précieusement.

« Ensuite, continua Henry, je suis descendu

170

dans ma cabine d'où j'ai appelé ma mère pour lui raconter la soirée. Le lendemain matin, les sanglots de Mme del Rio m'ont réveillé. Et, quoi qu'il soit arrivé, j'ai su que j'aurais pu l'empêcher.

— Ou tu aurais pu partager le sort de del Rio, en essayant de le sauver, dit vivement Sunday. Tu aurais pu plonger à sa suite, par exemple. Allons, crois-tu qu'un gamin de douze ans, même toi, aurait pu changer le cours des choses ? Tu te fais des reproches injustifiés. »

Henry secoua la tête. « Peut-être. En tout cas, je ne cesse de me remémorer cette soirée, sachant que le petit garçon que j'étais a pu remarquer quelque chose de suspect sans en comprendre la portée sur le moment.

— Voyons, Henry, protesta Sunday, on croirait entendre certains des accusés que j'ai défendus : Le type qui a descendu ma femme est parti dans cette direction et...

— Non. Ce que tu ne comprends pas, chérie, c'est que mon père m'avait demandé de consigner par écrit mes impressions de cette soirée, comme je le faisais à chaque occasion importante. Je rédigeais mon journal sur des feuilles volantes, pour pouvoir ensuite les regrouper par thème. C'est d'ailleurs ce que je fais maintenant que j'ai entrepris de raconter mes mémoires.

— Pour ma part, j'écrivais mon journal sur un cahier à spirale, dit Sunday.

— J'aimerais beaucoup le lire.

171

— Jamais de la vie ! Mais revenons à nos moutons. Où en étais-tu ?

— Après avoir parlé à ma mère, malgré ma fatigue, je me suis forcé à rapporter de manière détaillée les événements de la journée. Puis je laissai le journal sur mon bureau, avec la lettre du Premier ministre posée par-dessus. Ces pages, ainsi que la lettre, disparurent la nuit, pendant que je dormais. »

Sunday le regarda, stupéfaite.

« Tu veux dire que quelqu'un est entré dans ta cabine pendant ton sommeil et a volé l'enveloppe ainsi que la transcription de tes impressions de la soirée ?

— Oui.

— Dans ce cas, Henry chéri, il s'agit purement et simplement d'un acte de malveillance. »

« Les voilà, Sims », dit Marvin Klein, posté derrière la baie vitrée du salon de Belle Maris, le regard fixé sur l'élégant navire de plaisance qui jetait l'ancre.

Sims traversa d'un pas solennel la pièce où il était en train d'arranger des fleurs sur la table basse. « Enfin ! s'exclama-t-il. Je me félicite que tout soit en ordre pour les accueillir. Ça, on peut dire que le *Columbia* est un beau navire, n'est-ce pas ? J'ai plusieurs fois navigué à son bord, savez-vous. » Il poussa un soupir. « Jusqu'à ce drame.

— Vous étiez donc sur le *Columbia* cette nuit-là ! s'étonna Marvin.

172

— En effet. J'étais depuis moins de deux ans au service de la famille, mais M. Parker Britland III avait eu la bonté de m'estimer attentif aux petits détails qui agrémentent l'existence, et il m'emmenait sur le yacht en certaines occasions, comme ce week-end. Le Président n'était alors qu'un tout jeune garçon, mais je me souviens de son émotion à la disparition du Premier ministre. C'est naturel. À la vérité, il est resté malade pendant plusieurs jours. Par la suite, avec la passion qui le caractérise, il a voulu savoir exactement ce qui s'était passé, mais son père a préféré ne plus jamais en parler. »

L'expression songeuse de Sims s'effaça et il se permit un sourire réservé en voyant Henry et Sunday embarquer sur le canot automobile. « Les crabes sont presque cuits, dit-il à Klein. Le Président va se régaler.

— Certainement, approuva Marvin. Mais, encore une question, Sims. Vous dites qu'on n'a plus jamais parlé de la nuit où le Premier ministre a disparu. Il y a pourtant eu une enquête ?

— Bien entendu, d'autant plus que le corps ne fut jamais retrouvé. Mais que pouvait-on dire ? Toutes les mesures de sécurité avaient été prises. Comme vous le verrez, la grande suite est située au-dessus des autres, et possède son pont particulier. M. Britland l'avait réservée au Premier ministre ce week-end-là. Les gardes du corps étaient postés au pied de l'escalier qui y mène. Naturellement, le bateau avait été soigneusement fouillé avant le départ et chacun à bord, l'équipage comme le personnel de service, était au-dessus de tout soupçon. Le Premier ministre était également accompagné de quatre membres de sa sécurité personnelle.

— Et sa femme était à bord ?

— Oui. Il venait de l'épouser et ne voyageait pas sans elle.

— D'après ce que je crois savoir, elle est devenue plutôt coriace.

— Plutôt. Elle a succédé à Garcia del Rio. M. Parker Britland III n'aurait jamais imaginé qu'elle prendrait sa place, mais elle a habilement joué de l'amour du peuple pour son mari disparu et fini par devenir inamovible. Elle est parvenue à anéantir peu à peu l'opposition en prétendant que les ennemis de son mari étaient responsables de sa mort. Aujourd'hui, c'est exact, elle se comporte en dictateur. »

Marvin Klein eut l'air songeur. « Je l'ai rencontrée il y a sept ans, à l'occasion d'une réunion des États d'Amérique centrale organisée par le président Britland. Elle venait d'avoir cinquante ans et était encore très belle. Le Président l'appelait "Madame Castro". Mais il ajoutait toujours que si son mari était resté en vie, l'existence de cette femme aurait été totalement différente. »

Sims soupira. « C'est une des raisons pour lesquelles il s'est toujours senti coupable. Il n'a cessé de penser que s'il avait accompagné le Premier ministre sur le pont, il aurait pu éviter sa mort, encore qu'à mon avis un tiers

174

soit impuissant à retenir quelqu'un qui est déterminé à se suicider.

— J'ai entendu dire que le Premier ministre faisait souvent un rêve au cours duquel il était assassiné.

— Une histoire à la Lincoln, n'est-ce pas ? fit Sims. Maintenant, si vous voulez bien m'excuser, monsieur Klein, je dois m'occuper de mon service. Le canot du Président et de Mme Britland approche du débarcadère. »

Congor Reuthers s'inscrivit à l'hôtel Boca Raton, arborant l'air désinvolte du joueur de golf chevronné. Veste de lin bleu ciel et jean blanc parfaitement coupés, sac de golf discrètement patiné, valise pliante pour deux costumes. Pour compléter le tout, il portait à l'épaule l'étui en cuir de son appareil photo, dans lequel était rangé non pas l'appareil, mais un téléphone portable extrêmement perfectionné.

Si le sac de golf et les clubs étaient bien réels, pour Reuthers cependant ils ne constituaient que de simples accessoires destinés à lui donner l'apparence d'un touriste. Les clubs, pour être exact, avaient autrefois appartenu à un industriel du Costa Barria qui s'était permis de critiquer en public Mme del Rio, et avait dû les abandonner avec le reste de ses biens lorsqu'il avait pris la fuite.

Reuthers s'aperçut que le concierge s'adressait à lui. Qu'est-ce qu'il racontait ? Quelque chose concernant le golf.

175

« Oui, oui, fit-il. J'ai hâte de manier mes battes de golf. Ce sport est ma passion, vous savez. »

Sans saisir l'étendue de sa gaffe, il fit demi-tour et suivit le groom jusqu'à la suite d'où il se proposait de mener l'opération dont il était chargé, la fouille du *Columbia*.

À quatre heures le téléphone sonna.

C'était Lenny Wallace, également connu sous le pseudonyme de Len Pagan, mais dont le véritable nom était Lorenzo Esperanza, la taupe qu'ils avaient introduite au sein de l'équipage du *Columbia*.

Avec satisfaction, Reuthers se représenta le visage poupin de l'homme, son sourire angélique, le fin duvet au-dessus de sa lèvre supérieure, les taches de rousseur qui constellaient son nez et ses grandes oreilles. Len ressemblait à Mickey Rooney jeune dans le rôle d'Andy Hardy.

Dans la réalité, c'était un tueur endurci.

« Ça va être coton », dit Len d'un ton traînant.

Reuthers se mordit la lèvre, se rappelant que l'homme de main était l'un des chouchous du Premier ministre Angelica del Rio. Il se souvint aussi qu'elle ne tolérait pas l'échec.

« Et pourquoi donc ? aboya-t-il.

— Parce que la femme du président Britland fourre son nez partout. Et elle passe son temps à poser des questions sur ce qui s'est passé cette nuit-là. »

176

Reuthers sentit ses paumes devenir moites.
« Par exemple ?

— Je faisais semblant d'astiquer un truc dans la salle à manger. Britland et elle se trouvaient là. Ils parlaient de ce dîner avec del Rio ; elle lui demandait où étaient placés les gens à table.

— Il n'avait que douze ans à cette époque, protesta Reuthers. De quoi diable pourrait-il se souvenir qui puisse nous gêner aujourd'hui ?

— Elle a dit que jamais elle ne l'avait entendu, lui, son mari, se plaindre autant d'une sensation générale de fatigue. Elle a dit quelque chose du genre : "Tu étais *fatigué*, le Premier ministre était *fatigué*, ton père était *fatigué*. Qu'est-ce que vous aviez donc avalé au dessert, du Valium ?" »

Reuthers ferma les yeux, ignorant le spectacle splendide du soleil qui entamait sa descente. Son pire cauchemar se réalisait. Ils s'approchaient trop dangereusement de la vérité. « Il faut retrouver ces foutus papiers, ordonna-t-il.

— Écoutez, l'endroit grouille de types des services secrets. Je n'aurai qu'une occasion, et une seule. Il vaudrait mieux que votre tuyau soit le bon. Vous êtes sûr d'avoir caché les papiers dans la cabine A ?

— Dis donc, espèce de petite frappe, pour qui te prends-tu ? Évidemment que j'en suis sûr ! » explosa Reuthers.

Le souvenir de cette fameuse nuit le fit frissonner. Il avait fouillé dans la veste du

Premier ministre et s'était rendu compte que la lettre avait disparu. *Je savais que le môme était le dernier à lui avoir parlé. Il lui avait sûrement livré l'enveloppe. Elle devait donc être en sa possession. Il fallait que je trouve sa cellule dans le noir. Le gosse dormait dans la cabine A. Avec mon sens lamentable de l'orientation, j'ai ouvert la mauvaise porte. Heureusement qu'il n'y avait personne dans la cabine B.*

Reuthers avait encore des sueurs froides en revoyant la scène. Il était entré sur la pointe des pieds dans la cabine du petit garçon, craignant que le steward ne revienne et, trouvant la lumière de la coursive éteinte, ne cherche à savoir pourquoi. S'éclairant à l'aide d'un stylotorche, il s'était approché du bureau et avait trouvé la lettre de del Rio. Par hasard, il avait jeté un coup d'œil sur le journal intime, l'avait lu et s'était empressé d'en arracher les dernières pages.

C'est alors qu'il avait entendu la poignée de la porte tourner et que l'enfant s'était agité sur sa couchette. Pris de panique, il s'était réfugié dans la penderie et, en tâtonnant, avait trouvé une ouverture découpée dans la cloison. Craignant qu'on ne fouille la cabine, il y avait introduit l'enveloppe et les pages du journal.

Depuis sa cachette, il avait entendu quelqu'un entrer, s'approcher du lit, faire demitour et s'en aller. Mais quand il avait voulu récupérer les papiers, il n'avait pas pu les atteindre. Pendant près d'une heure, il avait essayé d'introduire sa main au fond de l'ouverture, sentant le bout de ses doigts effleurer l'enveloppe sans pouvoir la saisir. Ensuite, Mme del Rio avait donné l'alarme. *J'ai à peine eu le temps de quitter la cabine avant que le gosse ne se réveille,* se souvenait-il. *Elle hurlait comme une démente.* Il avait appris que, le lendemain, des coffres-forts avaient été installés dans toutes les cabines. C'était pourquoi l'ouverture avait été aménagée dans la penderie.

« Ça va pas être facile, insistait Len. Les gars de Britland sont malins. On dirait qu'ils ont des yeux derrière la tête. Je me suis déjà fait engueuler par leur chef parce que j'étais entré dans la salle à manger pendant que les Britland s'y trouvaient.

— Ce n'est pas mon problème ! aboya Reuthers. Soyons clairs. Si tu parviens à récupérer ces papiers sans casse et à filer, tu auras droit aux généreux remerciements du patron. Si tu rates ton coup, ta vieille mère et ses huit sœurs peuvent dire adieu à cette terre. »

Le ton de Lorenzo se fit soudain implorant : « Touchez pas à ma maman et à mes tantes.

— Alors je te conseille de retrouver ces papiers, à n'importe quel prix. Compris ? C'est pour installer un coffre-fort qu'ils avaient pratiqué une ouverture. Ils risquent de retrouver les papiers en rénovant comme prévu le bateau. Défonce le panneau à l'arrière de la penderie de la cabine A. C'est là qu'ils se trouvent ! Je me fous de la façon dont tu t'y prendras ; fais-le, un point c'est tout, et ne te goure pas ! »

« Henry, lorsque tu as raconté à ton père la disparition des papiers, comment a-t-il réagi ? » demanda Sunday, savourant une coupe de champagne dans le salon vitré du *Columbia*, une salle semi-circulaire à l'arrière du yacht, dans laquelle pouvaient s'asseoir confortablement une dizaine de personnes et qui était, comme Henry aimait à le souligner, l'endroit préféré de nombreux dignitaires pour y converser, lire, ou simplement contempler l'horizon.

« J'ai peur qu'avec le drame de la disparition du Premier ministre, mon père n'ait pas prêté attention à mon histoire de papiers volatilisés. Del Rio avait l'habitude de griffonner des dessins sur les menus ou sur les textes de ses discours, et mon père a pensé qu'il m'avait peut-être remis ce genre de chose.

— Et les passages de ton journal ?

— Il m'a dit de les réécrire si cela pouvait me consoler. Je m'étais réveillé avec un affreux mal de tête — j'avais sans doute attrapé un virus quelconque —, et naturellement un vent de panique soufflait à bord du bateau. Des hélicoptères patrouillaient autour de nous, cherchant à repérer le corps. Il y avait des bateaux, des plongeurs de la marine, tout ce que tu peux imaginer.

— Crois-tu que del Rio t'avait remis un simple griffonnage dans cette enveloppe ?

— Non, je ne crois pas.

— A-t-on sérieusement cherché à retrouver ces papiers ?

— Pour rendre justice à mon père, je dois

dire qu'on a fouillé le bateau de fond en comble. Sims en personne a examiné ma cabine pour s'assurer que je n'avais pas rangé ailleurs l'enveloppe. Mais il n'a rien trouvé.

— Et puisque tu écrivais ton journal sur les feuilles volantes d'un classeur, il n'y avait aucune trace de pages déchirées.

— Exactement. » Il marqua une pause et regarda sa femme avec tendresse. Un sourire éclaira son visage. « Soit dit en passant, si tes électeurs pouvaient te voir en ce moment, ils ne voteraient jamais pour toi. Tu as l'air d'avoir douze ans. »

Sunday portait une jupe longue fleurie, un débardeur blanc et des sandales. Elle haussa les sourcils. « Je ne ressemble peut-être pas à un digne membre du Congrès, dit-elle en prenant une mine grave mais pour ta gouverne, sache que toutes ces questions ne sont pas dictées par une curiosité enfantine, ni parce que je te sais perturbé par le souvenir de cette nuit. J'ai de Mme del Rio exactement la même opinion que toi. J'aimerais, pour changer, que le Costa Barria jouisse un jour d'un gouvernement honnête et libéral. Mais il en faudrait encore beaucoup pour que le peuple soit écœuré au point de se soulever contre elle, et, à moins d'un renversement de situation, elle va l'emporter sans mal aux prochaines élections. C'est comme si c'était fait.

— En effet.

— Et j'enrage de penser qu'un membre de l'entourage de Garcia del Rio a pu dérober pendant ton sommeil la note qui expliquait peut-être son suicide. Qui sait, les choses auraient probablement pris un tour différent.

— J'enrage encore davantage à l'idée que j'aurais pu sauver la vie du Premier ministre si je l'avais accompagné sur le pont. C'est principalement pour cette raison que j'ai acheté le *Columbia*. À l'exception de ce drame, il a eu une histoire riche et remarquable. Je voudrais effacer cette tache, d'une façon ou d'une autre. »

Sims entra discrètement, portant un plateau de crackers au fromage. Sunday se servit et leva la tête vers lui. « Sims, vous aviez déjà navigué à bord de ce yacht, n'est-ce pas ?

— Oui, madame.

— Comment le trouvez-vous aujourd'hui ? »

Le front de Sims se plissa. « Très bien entretenu, vraiment, madame, mais, si je puis me permettre une remarque, il est un peu choquant que rien, absolument rien, n'ait été changé. Je pense en particulier aux tentures, à la literie, aux tissus. Durant les trente-deux années où le *Columbia* est resté la propriété de M. Hodgins Weatherby, ce dernier l'a visiblement conservé comme une relique. »

Henry eut un petit rire. « Je peux vous en donner la raison, Sims : Weatherby n'était pas un marin. À dire vrai, la seule vue d'une vague le frappait de terreur. Il avait dépensé une fortune pour faire draguer la baie afin de pouvoir embarquer directement depuis le quai, et à part l'équipe d'entretien, personne n'était autorisé à monter à bord, hormis son psychanalyste et lui. Il s'asseyait toujours ici. » Henry tapota le bras de son fauteuil, et, indiquant celui qu'occupait Sunday : « Et le psy s'installait à ta place.

« Je ne te l'ai pas dit, chérie, mais tu occupes le siège de sir Winston Churchill. D'après la rumeur, lorsque Roosevelt emprunta le *Columbia* à mon père pour emmener Churchill en croisière, celui-ci adopta immédiatement ce siège. Par l'intermédiaire du psy, le vieux Weatherby s'entretenait avec le Premier ministre britannique, avec Roosevelt, de Gaulle et Eisenhower, pour ne citer qu'eux. J'ai cru comprendre, cependant, qu'il refusait de parler à Staline.

— À t'entendre, ce yacht était pour lui une sorte de belvédère doublé d'un divan de psychanalyste, dit Sunday. Je comprends pourquoi la famille Weatherby en a fait don après sa mort à une organisation charitable de vente aux enchères.

— Moi aussi. Mais c'est ainsi qu'est née la légende selon laquelle le bateau serait hanté. Le psy avait probablement un grand talent d'imitateur. »

On frappa à la porte. Marvin Klein entra, hésitant. « Monsieur le Président, je ne voulais pas vous déranger, mais le secrétaire d'État vous demande au téléphone.

— Tony ? s'étonna Henry. Que se passe-t-il donc ? » Il prit le téléphone que Klein lui tendait. « Allô, Tony, dit-il d'un ton joyeux. J'espère que Ranger t'en fait voir de toutes les couleurs ! »

Ranger était le nom de code donné par les services secrets au chef de l'État.

Le secrétaire d'État Anthony Pryor avait été choisi comme premier conseiller par le successeur d'Henry, le président Desmond Ogilvey. Ami d'Henry depuis le temps où ils faisaient leurs études ensemble à Harvard, Pryor abandonnait volontiers son ton formel avec lui. « Henry, j'ai un boulot dément, tu t'en doutes. Écoute, maintenant que tu as racheté le *Columbia,* nous voudrions te demander un petit service. Tu vas recevoir un appel des gens de Miguel Alesso. Il désire te voir. Ranger aimerait que tu le rencontres.

— Alesso ? Ne se présente-t-il pas contre le Premier ministre du Costa Barria ?

— Exactement. Et il est à Miami incognito. Selon lui, c'est Angelica del Rio qui a organisé le meurtre de son mari il y a trente-deux ans, et ses agents ont tenté d'acheter le *Columbia* à la vente aux enchères, mais tu les as devancés.

— D'où tient-il tout ça ?

— De la veuve d'un des types qui ont raté la vente la semaine dernière. C'est elle qui l'a mis au courant. Ranger pense que tu es le seul à pouvoir dire si cette histoire est crédible ou non. Si tu juges qu'elle tient la route, cela influera considérablement sur notre position dans ces élections. Bien que l'affaire soit vieille de trente-deux ans, Garcia del Rio est considéré comme un héros dans son pays. N'oublie pas qu'Angelica del Rio doit venir ici en visite officielle en échange de sa promesse de respecter les droits de l'homme et de relâcher les opposants politiques. Ranger n'a pas spécialement envie de recevoir des tomates à la figure si jamais quelqu'un prouve qu'elle a fomenté l'assassinat de son mari.

— Tu veux dire que d'après Des, il s'agirait d'une tactique pour nous forcer à retirer notre soutien à del Rio juste avant l'élection ?

— Tu as mis dans le mille. Henry, ces foutus petits pays sont capables de vous rendre cinglé.

— Pas plus que les gros, lui rappela Henry. Je rencontrerai Alesso, bien sûr. Demain matin, ici même, à bord du *Columbia*.

— Parfait. Nous nous occupons de la logistique. »

Henry rendit le téléphone à Marvin Klein et regarda Sunday. « Ma chère, peut-être avais-tu raison, comme d'habitude.

— À quel propos ?

— À propos de la mort de Garcia del Rio. »

Congor Reuthers savait par expérience qu'un bon repas vous réconcilie avec l'existence. On était lundi. Lenny lui avait fait savoir que les Britland s'envoleraient le mercredi matin pour Washington, où la représentante Sandra O'Brien Britland devait prendre part au débat sur l'aide au Costa Barria. Une fois les Britland partis, tous les hommes d'équipage en surplus, y compris Lenny, descendraient à terre. Conclusion, le temps pressait. Lenny devait s'introduire dans la cabine A dès le lendemain.

Pour le moment, en tout cas, Congor ne pouvait rien faire de plus. Sauf manger. L'ambiance du restaurant de l'hôtel Boca Raton lui avait paru agréable et il décida d'y dîner. Quelques martinis et un homard le ragaillardiraient. Décrochant le téléphone, il composa le numéro du restaurant et retint une table près d'une fenêtre, face au canal.

En arrivant au bureau d'accueil, il apprit avec indignation qu'il n'aurait pas la table de son choix. Placé devant l'alternative de faire demi-tour ou d'accepter la situation, il laissa son estomac décider.

« Vous comprendrez sûrement pourquoi nous avons dû modifier nos réservations, monsieur, s'excusa le maître d'hôtel avec un sourire nerveux tout en conduisant Reuthers à une table où la seule eau visible était celle d'une carafe. Vous voyez pourquoi nous avons dû garder quelques tables libres », murmura-t-il en faisant un geste en direction de la baie vitrée.

Le cœur de Reuthers fit un bond dans sa poitrine. Seul à une table, bronzé et souriant, le couple chéri de l'Amérique, l'ex-président des États-Unis et son épouse, Mme la représentante du New Jersey au Congrès, était tranquillement en train de bavarder en savourant un cocktail.

Reuthers plongea la main dans sa poche et en tira l'étui à cigarettes qui renfermait son écouteur. D'un geste désinvolte, il le posa ouvert sur la table, orienté dans la direction des Britland, puis fit mine de se gratter la tête et introduisit le minuscule récepteur dans son oreille. Il eut immédiatement la satisfaction d'entendre Henry Parker Britland IV dire à sa femme : « Cette rencontre avec Alesso demain m'intéresse particulièrement. »

Alesso ! Reuthers sursauta. *Alesso !* Pour quelle raison Britland le rencontrait-il ?

Il porta la main à son oreille pour étouffer le brouhaha des tables autour de lui, et se rendit compte qu'on lui parlait.

« Je regrette, monsieur, mais vous êtes dans une zone non-fumeurs. » Reuthers leva les yeux, vit la moue de désapprobation sur le visage du garçon, et comprit qu'il venait de rater une partie de la réponse de Sunday Britland : « Alesso détient la preuve... »

« Je ne fume pas », répliqua-t-il sèchement. Le regard du serveur fixa l'étui.

« Je le garde ouvert pour tester ma volonté.

— Alors, monsieur, si vous le permettez... » Le serveur déplaça l'étui de manière à le dissimuler derrière le vase de fleurs et la corbeille de pain. « Ainsi, les autres convives ne le verront pas et n'auront pas l'impression d'être dans une zone fumeurs. Vous n'êtes peut-être pas le seul ici à essayer de résister à la tentation. La vue de votre porte-cigarettes pourrait créer des complications. Monsieur, avez-vous déjà essayé le chewing-gum ? C'est un moyen comme un autre... »

« *Partez d'ici, imbécile, Britland vous regarde !* »

Reuthers sursauta en entendant la voix

familière et rageuse qui lui déchirait le tympan.

« *Il risque de vous reconnaître, abruti !* »

Il regarda autour de lui, scrutant fiévreusement la salle. Quel déguisement Angelica arborait-elle aujourd'hui ? Elle devait être folle d'inquiétude pour être venue ici au lieu de regagner directement le Costa Barria depuis New York. Il repéra une femme seule à une table, les cheveux grisonnants, le menton posé dans le creux de sa main, le regard fixé sur son verre de vin. C'était elle. Wilma la Solitaire, une autre des métamorphoses d'Angelica. Son regard se porta alors vers une table près de la fenêtre et croisa les yeux perçants de l'ex-président des États-Unis. Il y avait trente-deux ans qu'ils ne s'étaient pas vus. Officiellement, Reuthers avait fait partie du funeste voyage comme membre de la garde personnelle de Garcia del Rio, et en théorie il avait été exécuté avec le reste du groupe pour avoir failli à sa mission et laissé le Premier ministre attenter à sa vie.

Britland le reconnaîtrait-il après tant d'années ?

Effrayé à la pensée d'être démasqué, Reuthers se leva rapidement et tourna le dos à l'ex-président. « Finalement, je préfère ne pas dîner ici », dit-il d'un ton sec, et il sortit en hâte de la salle à manger.

Il avait atteint l'ascenseur lorsque le serveur le rejoignit.

« Vous avez oublié votre étui à cigarettes,

monsieur. Continuez à résister à la tentation. Courage ! »

Le chef des services secrets Jack Collins s'agitait nerveusement sur sa chaise. Assis à une table non loin des Britland, il avait l'impression qu'une voix intérieure l'avertissait d'un danger.

Il y avait quelque chose dans l'air. Il parcourut la salle des yeux, observant les occupants l'un après l'autre avec une extrême attention. Ils étaient nombreux — beaucoup de couples âgés, quelques familles avec de jeunes enfants. Tous bronzés, détendus, souriants. À une table, des hommes d'affaires corpulents échangeaient des plaisanteries.

Probablement venus jouer au golf aux frais de la princesse, jugea sévèrement Collins.

Il remarqua un homme en particulier, un individu à l'air arrogant qui montrait des signes visibles d'irritation et sortait furieux du restaurant, bousculant au passage quatre élégantes sexagénaires. Collins regarda ces femmes suivre le maître d'hôtel qui les conduisait à leur table, et vit leur déception en constatant qu'elles étaient placées au fond de la salle, parmi les familles avec enfants.

Son attention se porta alors sur une femme assise à la plus petite des tables, côté fenêtres, qui contemplait la mer d'un air pensif. Des cheveux gris, un visage ridé, de banales lunettes de soleil, une expression abattue — l'attitude de quelqu'un qui vient de perdre un être cher.

Ne s'attardant pas plus longtemps sur elle, il observa les autres tables. Quelque chose ne lui plaisait pas dans l'atmosphère de cette salle. Une heure plus tard, ce fut avec soulagement qu'il vit les Britland se lever et partir.

En passant devant l'accueil, l'ex-président fit signe à Collins. « Jack, un type dans la salle à manger s'est levé brusquement sans attendre son dîner. L'avez-vous remarqué ? Il me rappelle quelqu'un. Voyez ce que vous pouvez dénicher. »

Collins hocha la tête. Il fit signe aux quatre agents de son équipe d'entourer les Britland, et les laissa prendre le chemin de la sortie pendant qu'il s'arrêtait un instant au bureau de la réception.

À son retour à Belle Maris une heure plus tard, il avait pris des dispositions pour que le client de l'hôtel, enregistré sous le nom de « Norman Ballinger », soit surveillé vingt-quatre heures sur vingt-quatre. L'histoire de l'étui à cigarettes que lui avait rapportée le garçon du restaurant suivie de la description amusée du concierge racontant la hâte de Ballinger d'aller manier ses « battes » de golf lui confirmèrent que son instinct ne l'avait pas trompé.

Son bip retentit à la seconde où il pénétrait dans la maison. « Vous avez mis le doigt sur quelque chose, Jack, l'informa le quartier général. Ce Ballinger est en réalité Congor Reuthers, un des proches d'Angelica del Rio.

Il reste dans l'ombre sur le plan politique, mais la rumeur dit qu'il est toujours dans ses bonnes grâces, chargé de ses basses besognes.

— Qu'est-ce qu'il fabrique à Boca Raton ? demanda Collins.

— Il semble qu'il soit au courant de la présence d'Alesso et ait pour mission de surveiller ses faits et gestes. Nous le faisons filer, mais soyez vigilant. Reuthers ne se salit pas les mains. Il peut avoir des complices. »

Collins mit fin à la communication et essaya de chasser de son esprit la pensée qu'Henry Parker Britland IV n'aurait pas dû racheter le *Columbia*.

Le mardi matin, Lenny Wallace s'aperçut avec angoisse que les mesures de sécurité avaient été renforcées sur le *Columbia*.

À sept heures, il avait pris contact avec Reuthers et appris que Miguel Alesso, le chef de l'opposition qui se présentait la semaine suivante contre le Premier ministre en place, était attendu pour déjeuner sur le yacht de l'ex-président Britland.

« Tu dois retrouver ces papiers, lui dit sèchement Reuthers. Le Premier ministre est personnellement concerné. Un échec est hors de question. »

Il ordonna ensuite à Lenny de se débrouiller pour pénétrer dans la salle à manger et surprendre la conversation qui se tiendrait durant le déjeuner.

Lenny faillit lui répliquer que seul un imbécile pouvait imaginer qu'un simple matelot, à moins d'être invisible, puisse se balader dans une pièce où se tenait une réunion confidentielle au sommet. Mais il pensa à sa maman et à ses tantes et promit de faire de son mieux.

Il fit cependant remarquer que l'ex-président était toujours escorté du chef de ses services secrets, Jack Collins, lequel était informé en permanence des faits et gestes de toutes les personnes présentes sur le bateau, jusqu'à leur moindre éternuement.

Reuthers eut le dernier mot : « N'oublie pas que ta mère et tes tantes ont été assignées à résidence — temporairement, j'en suis sûr. Fais pour le mieux. »

À midi pile, posté sur le pont de l'équipage, jumelles vissées sur le front, Lenny regardait une limousine s'arrêter sur le quai. Il vit deux hommes et une femme en sortir et embarquer dans le canot automobile : les Britland et, avec eux, le chef de l'opposition du Costa Barria, Miguel Alesso.

Une idée traversa soudain l'esprit de Lenny. La popularité d'Alesso ne cessait de croître. À chacune de ses apparitions, la population se déchaînait. *Mettons que je ne trouve pas les papiers et que je disparaisse. Si jamais il gagne les élections, je pourrais alors prendre contact avec lui, lui raconter ce qu'on m'a forcé à faire, puis lui révéler où sont enterrés les corps. Peut-être me sera-t-il reconnaissant...*

Mais non, c'était impossible. Il le savait. Il serait alors trop tard pour sa maman et ses tantes, ces femmes merveilleuses connues

192

sous le nom des « Sœurs Alphabet ». Maman, la plus âgée, s'appelait Antonella, la deuxième Bianca, la troisième, Concetta, et ainsi de suite jusqu'à la plus jeune, Iona.

Essuyant une larme, Lenny Wallace fut à nouveau envahi par le sens du devoir et de la famille.

Il a l'accent de la vérité, pensa Sunday. Ils se tenaient tous les trois dans le salon. Henry avait invité Alesso à s'asseoir dans le fauteuil favori de Churchill.

« Toutes proportions gardées, bien entendu, avait fait remarquer Alesso avec un petit sourire, je peux comparer l'état précaire de mon pays à celui de l'Angleterre durant la guerre. »

Alesso avait à peine trente ans, mais son visage grave, sa chevelure abondamment striée de gris et l'expression à la fois sage et triste de ses yeux bruns lui donnaient l'apparence d'un homme plus âgé.

Penché en avant, l'air tendu, il disait : « Angelica del Rio a conçu et fait exécuter l'assassinat d'un véritable grand homme. Son père, comme vous le savez sans doute, était le commandant en chef de l'armée du Costa Barria. Elle avait épousé le Premier ministre sur son ordre, avec déjà — j'en suis convaincu — l'intention de l'éliminer. Elle était alors et est toujours d'une grande beauté et douée d'un véritable charisme. Et, comme on dit, "un homme est un homme"... »

Il haussa les épaules d'un air désabusé.

« Très vite, elle a changé les gardes du corps personnels du Premier ministre, les remplaçant par des truands qui s'empressèrent de le trahir, y compris un cousin éloigné à elle d'origine anglaise, connu sous le nom de Congor Reuthers.

« D'après les informations que j'ai pu recueillir, elle s'est arrangée pour faire droguer son mari, votre propre père et vous-même, monsieur, avec un dessert préparé par son cuisinier personnel. Garcia del Rio a perdu connaissance et ses gardes du corps, sur ordre de Reuthers, ont lesté son corps et l'ont jeté par-dessus bord. Il a sans doute coulé au fond de l'océan.

« Les gardes du corps s'attendaient à être récompensés. Ils le furent. À leur retour au Costa Barria en compagnie de la veuve éplorée, ils furent exécutés pour manquement au devoir — tous, sauf, naturellement, Reuthers.

— Je ne comprends toujours pas pourquoi elle a choisi cette nuit-là, sur *ce* bateau », fit remarquer Henry.

Sunday contempla son mari. Il se tenait droit dans son fauteuil pivotant, le menton appuyé dans sa main gauche, tendu de tout son être vers Alesso. Il lui sembla entendre les accents de *Hail the Chief*[1] flotter dans l'air.

« Angelica avait reçu un appel téléphonique de son père, le général, lui disant que son mari avait été averti d'une tentative d'assassinat

1. Marche jouée à chaque apparition du président des États-Unis. *(N.d.T.)*

194

imminente de la part de ses gardes du corps. Il l'avait également informée que del Rio était au courant des détournements de plusieurs millions de dollars qu'elle avait effectués aux dépens des organisations humanitaires dont elle était présidente. Il projetait de la faire arrêter à son retour au Costa Barria. Elle n'avait pas le choix. Elle devait agir sans attendre. »

Logique, se dit Sunday.

« Dans leur plan, le père d'Angelica devait prendre la tête du gouvernement. Mais le général a eu une attaque cardiaque la semaine suivante, et elle saisit l'occasion pour prendre sa place. Elle termina le mandat de son mari, puis, profitant de la vénération que son peuple avait éprouvée pour lui, elle s'empara du pouvoir absolu.

— Quelle preuve existe-t-il de tout ça ? demanda Henry. Vous avez parlé d'une preuve, señor. »

Alesso haussa les épaules. « La preuve se trouve dans l'enveloppe que Garcia del Rio vous a remise alors que vous aviez douze ans.

— Et comment le savez-vous ?

— Un garde du corps a tenté d'acheter un des gardiens de prison pour échapper à l'exécution, répondit Alesso. Il lui a parlé de l'assassinat de del Rio et raconté que Reuthers avait cherché sur lui une enveloppe avant qu'il ne soit jeté par-dessus bord. Cette enveloppe contenait une déclaration de del Rio, celle qu'il projetait de faire à son retour, et dans laquelle il accusait sa femme. Angelica s'était arrangée pour la lire, mais elle n'avait pas eu le temps de l'ôter de la poche de sa veste avant qu'ils n'aillent dîner.

— Pourquoi n'en a-t-on jamais rien su ? » demanda Sunday.

La question sembla surprendre Alesso. « Le gardien de prison aurait signé son arrêt de mort s'il avait avoué être au courant de l'assassinat du Premier ministre, dit-il. Ce n'est qu'à partir du moment où il s'est mis à boire, comme le font parfois les hommes sur le déclin, qu'il a commencé à parler. Il a fini par en dire trop et a disparu.

— Et aujourd'hui, après toutes ces années, l'énigme est finalement résolue, fit Henry pensivement.

— Non, monsieur, corrigea Alesso. Elle ne le sera pas avant que ces papiers, s'ils existent encore, ne soient retrouvés. Mais pour ce qui concerne le présent, je vous demande instamment à tous les deux de soutenir ma candidature. Je vous demande, madame la Représentante O'Brien Britland, de ne pas voter l'aide à mon pays tant qu'Angelica del Rio restera au pouvoir. L'appuyer reviendrait à renforcer l'oppression. »

Sunday ne put soutenir l'intensité de son regard. Elle détourna les yeux, craignant de trahir l'indécision qui l'habitait.

« Et vous, monsieur, continua Alesso en se tournant vers Henry, je vous implore d'engager le président des États-Unis à annuler le dîner qu'il doit donner en l'honneur d'Angelica del Rio. Le soutien de votre grande nation

196

ne doit pas servir à étayer la position d'un tyran. »

Lenny savait qu'il n'avait aucune chance de se rendre sur le pont supérieur pendant que se tenait la réunion. Mais il avait appris qu'après le déjeuner les Britland regagneraient Belle Maris jusqu'à leur départ pour Washington, dans la matinée du lendemain. En bref, les services secrets omniprésents surveilleraient la propriété, et non le yacht.

Il terminait son service à 17 heures. Les autres trouveraient bizarre de le voir rester à bord sans aller faire un tour à terre. Tout en frottant le pont, il trouva la solution. Personne n'imaginerait qu'un pauvre type souffrant d'une intoxication alimentaire puisse faire un pas dehors.

Une heure plus tard, il se présenta au commissaire de bord, le visage luisant de transpiration, le regard flou, la démarche mal assurée.

« J'ai pas digéré quelque chose », gémit-il, les mains crispées sur l'estomac.

Dix minutes plus tard, il était allongé sur sa couchette, réfléchissant au meilleur moyen de s'introduire dans la cabine A. Il lui faudrait attendre la tombée du jour, profiter de l'obscurité de la nuit et d'une sécurité allégée.

Les événements à venir projettent leurs ombres, songeait Henry en buvant son café.

Sunday et lui dînaient sur la terrasse fleurie de Belle Maris. Les bougies dressaient leurs flammes vacillantes vers la pleine lune qui baignait le *Columbia,* au large, d'une lumière irréelle.

« Chéri, tu es bien silencieux », fit remarquer Sunday en hochant la tête à l'adresse de Sims qui s'apprêtait à lui servir à nouveau un double espresso.

« Même toi, tu n'arriveras pas à dormir après avoir bu une telle quantité de café, la gronda tendrement Henry.

— Tu me connais, je suis capable de roupiller comme une souche sur une planche en bois. C'est parce que j'ai la conscience tranquille. » Elle but une gorgée et fit claquer sa langue. « Comme on dit, ça, c'est du café. »

Son regard s'emplit de gravité. « Henry, je ne t'en ai pas parlé, mais tu crois vraiment ce qu'a raconté Alesso, n'est-ce pas ?

— Oui, et pour plus d'une raison. Hier soir, au restaurant, j'ai observé cet homme qui me semblait familier. J'avais raison. Je l'avais déjà vu. C'est l'homme de main d'Angelica del Rio, et il était à bord du *Columbia* la nuit du drame, il y a trente-deux ans. Il se tenait près de del Rio lorsque ce dernier m'a remis la lettre. Logiquement, il a dû soupçonner qu'elle se trouvait en ma possession. S'il sait qu'Alesso a découvert la vérité, il remuera ciel et terre pour la récupérer. Je voudrais pouvoir démonter le yacht morceau par morceau. Mais la lettre est restée introuvable pendant toutes ces années. Qui sait si une femme de chambre ne l'a pas découverte coincée quelque part et jetée à la poubelle.

— Vas-tu demander à Des d'annuler la réception donnée en l'honneur de Mme del Rio ?

— Les visites officielles de chefs d'État ne s'annulent pas aussi facilement, chérie, sauf pour des raisons majeures. Si la señora del Rio l'emporte aux élections de dimanche prochain et signe le traité sur les droits de l'homme, les accusations portées par son adversaire perdront toute valeur. Sans preuve, elles ne seront pas crédibles. À l'heure actuelle, Alesso n'a aucune chance de la battre. »

Le regard de Sunday se porta vers le *Columbia*. « Henry, veux-tu que je te dise ? J'aimerais passer encore une nuit sur le bateau. J'adore dormir à bord. Cela ne t'ennuie pas ? »

Henry sourit. « Je présume que je suis inclus dans ton projet. Je crois que j'aimerais être bercé par la mer, moi aussi. Qui sait, peut-être le *Columbia* nous livrera-t-il enfin ses secrets. »

À neuf heures du soir, avant de quitter sa cabine pour se mettre à la recherche des papiers disparus, Lenny arrangea sa couchette de manière à donner l'impression qu'elle était occupée.

Il avait remarqué la présence de nombreux patrouilleurs autour du *Columbia* chargés de veiller à ce que personne ne monte à bord. *En tout cas, lui y était déjà !*

Maintenant que le moment d'agir était venu, il sentait la nervosité le gagner. Le vrai danger était le trajet jusqu'à la cabine A. Une fois à l'intérieur, il serait tranquille. Il n'y avait aucune raison que quelqu'un vienne y fourrer son nez pendant la nuit.

Le plus difficile serait de découper l'épais panneau de chêne sans faire de bruit. Reuthers lui avait dit que la lettre et les feuilles du journal avaient sans doute glissé dans une ouverture ménagée pour l'installation d'un coffre-fort. Dans ce cas, ils ne pouvaient être tombés plus bas que le plancher, et il les retrouverait derrière la cloison.

Il était donc logique de démarrer par le bas de la cloison. Il serait plus facile de remonter que de descendre si les papiers étaient restés coincés.

Armé d'une scie, d'un petit marteau et d'une vrille qu'il avait dérobés dans l'atelier du bateau, il sortit avec précaution du poste d'équipage.

Les deux premiers ponts étaient déserts. Sur le pont supérieur il faillit se trouver nez à nez avec un agent des services secrets en faction au bas des marches qui menaient à la suite généralement occupée par les Britland.

À quoi sert ce type ? pensa Lenny, puisqu'ils sont rentrés chez eux à terre. Soudain, l'inquiétude s'empara de lui. Étaient-ils réellement rentrés chez eux ?

Trois minutes plus tard, il se glissait dans

la cabine A. Il n'osa pas allumer la lumière. Heureusement la nuit était claire et la pleine lune éclairait toute la pièce. La cabine avait vingt fois la taille du cagibi qu'on lui avait octroyé, un double lit avec une tête de lit, un bureau fixé au mur, des meubles de rangement, un divan et plusieurs fauteuils — tout ce qui était nécessaire pour assurer le confort de ses occupants, même par une mer agitée.

La penderie était profonde. Une fois à l'intérieur, Lenny referma la porte, et se sentit alors libre d'allumer sa lampe-torche. Le coffre-fort se trouvait en effet là, contre la cloison du fond. De forme circulaire comme un hublot, avec sa porte peinte couleur de mer, sa serrure à secret semblable à un compas, il retint toute l'attention de Lenny.

Il passa lentement ses doigts sur la surface du coffre, songeant qu'il ne contiendrait jamais aucun bijou aussi précieux que ce qu'il recherchait.

Accroupi par terre, Lenny heurta le bois à petits coups pour en évaluer l'épaisseur. Épais, fichtrement épais ! Il a fallu abattre un sacré nombre d'arbres pour construire ce foutu yacht ! pensa-t-il, se préparant à une longue nuit de travail. Évidemment, s'il avait une hache et une scie électrique et ne se souciait pas d'attirer l'attention de l'équipage et des gardes restés à bord, il irait vite en besogne, mais ça ne faisait pas partie de ses plans. Avec précaution, il commença à percer un trou à quelques centimètres au-dessus du plancher.

Il continua avec obstination, s'arrêtant à peine pour se reposer toutes les quinze minutes. Deux heures plus tard, comme il s'étirait, il crut entendre un léger bruit. Éteignant rapidement sa lampe, il entrouvrit la porte de la penderie d'un centimètre. Ses yeux horrifiés lui sortirent presque des orbites.

Debout dans la pièce, lui tournant le dos, une unique lampe éclairant sa silhouette revêtue d'une simple chemise de nuit, la représentante Sandra O'Brien Britland était en train de défaire le lit. Stupéfait, Lenny la vit se coucher et éteindre la lumière.

Comme toujours, Henry avait raison, soupira Sunday, cherchant désespérément le sommeil après avoir laissé son mari profondément endormi dans leur suite sur le pont principal. *Trop de café.* Son cerveau était en ébullition. Mais ce n'était pas seulement l'effet du café. Il y avait autre chose. Un détail mentionné par Henry à propos de la nuit qu'il avait passée dans cette cabine trente-deux ans plus tôt. Quoi ?

Si seulement on pouvait retrouver ces maudits papiers, pensa-t-elle. Si Alesso dit vrai, une femme a fait assassiner son mari sur ce bateau et la preuve a pu être volée ici même, dans cette cabine.

Visiblement, le sommeil ne viendrait pas. C'était Henry, ce soir, qui y avait succombé le premier. Un fait si rare de sa part que Sunday avait décidé d'aller s'étendre dans le petit

202

salon adjacent plutôt que de s'agiter près de lui, au risque de le réveiller. Puis l'idée lui était venue de descendre dans cette cabine. Après tout, c'était là qu'avait eu lieu le délit.

Henry lui avait dit quelque chose d'important concernant ce qui s'était passé le soir de la disparition de del Rio. Mais quoi ? Sans doute un détail en apparence si mineur que tout le monde l'avait négligé.

Dormir ici, dans la cabine où il s'était manifestement passé quelque chose, l'aiderait peut-être à faire remonter les faits à la surface. Avant de quitter la suite, elle avait laissé sur l'oreiller un billet griffonné à l'intention d'Henry, résistant à l'envie de remonter la couverture sur lui. Il risquait de se réveiller et de l'empêcher de sortir.

Art, l'agent des services secrets posté au pied de l'escalier, avait paru surpris de la voir, mais elle l'avait rassuré et il s'était contenté de hocher la tête.

J'espère qu'il ne croit pas qu'Henry et moi nous sommes fâchés, pensa-t-elle, amusée à l'idée qu'ils puissent un jour se disputer. Nous discutons sur certains points de temps à autre, c'est tout. Des discussions intellectuelles. Certainement pas des disputes.

Renonçant à s'endormir, Sunday tendit le bras et ralluma la lampe. Elle s'assit, releva les cheveux qui lui tombaient sur le visage, et empila les oreillers derrière elle. Sims avait déclaré que le mobilier du bateau n'avait pas été changé. Elle se représenta Henry, à douze ans, assis devant le bureau, rédigeant un compte-rendu détaillé de la soirée, bien qu'il fût, pour reprendre ses propres mots, « si fatigué qu'il pouvait à peine garder les yeux ouverts ».

Dans ce cas, comment peut-on avoir les idées assez claires pour écrire ? se demanda Sunday. Oh, et puis zut ! soupira-t-elle, tout ça ne me mène nulle part. Je ferais mieux d'essayer une bonne fois de dormir.

Elle éteignit à nouveau. Tout était si calme !

Henry avait peu de souvenirs précis de cette nuit, uniquement des impressions. L'impression que quelqu'un se trouvait dans la pièce, se penchait sur lui. Nous savons que son père est venu le voir. Mais quelqu'un d'autre aurait-il pu s'y introduire ?

Que m'a-t-il dit d'autre ? Pourquoi ai-je un sentiment bizarre à propos de toute cette affaire ?

Le silence fut rompu par un léger craquement qui accompagna l'accélération des oscillations du bateau. Un autre bruit suivit, plus précis, plus proche. Sunday tourna machinalement la tête vers la penderie.

Il lui semblait avoir entendu un glissement sur le plancher, provenant de l'intérieur de la penderie. Comme si quelqu'un y était enfermé. Oui. C'était ça. Elle en était sûre.

Avec précaution, elle glissa sa main le long de la table de nuit, cherchant la sonnette d'alarme, mais au même instant la porte de sa cabine s'ouvrit, la lumière s'alluma, et ses yeux croisèrent le regard inquiet de son mari.

Celui qui se trouve dans cette penderie ne

s'attendait pas à me voir ici, pensa-t-elle. *Il cherche quelque chose.*

« Sunday, s'écria Henry. Qu'est-ce que tu fabriques... ?

— Oh, chéri, l'interrompit-elle d'une voix plus aiguë qu'à l'habitude, je comptais remonter tout de suite dans notre cabine. Je n'arrive pas davantage à trouver le sommeil ici qu'en haut.

— Je t'avais prévenue de ne pas boire autant de café.

— Je sais. Tu as toujours raison. C'est d'ailleurs pour ça qu'ils t'ont élu président. »

Sunday sauta du lit, attrapa sa robe de chambre et sortit avec Henry, claquant fermement la porte derrière elle.

Dans la coursive, le voyant prêt à la questionner, elle posa sa main sur sa bouche.

« J'ai coincé notre bonhomme, chuchota-t-elle tout excitée. Il est là, dans la penderie. Je venais juste de m'en apercevoir quand tu es entré. Je te parie à dix contre un qu'il est en train de chercher les papiers disparus. Il sait qu'ils se trouvent là. Nous allons le laisser faire le travail à notre place. »

Une heure plus tard, armé de sa scie, Lenny s'affairait toujours à élargir l'ouverture de la cloison à l'arrière de la penderie de la cabine A. Reuthers a dû rêver, pensa-t-il, sentant sa déception se transformer en panique. Ces papiers ne sont pas là. Ils n'y sont pas !

Maman ! Mes tantes ! Tante Bianca, tante

Concetta, tante Desdemona, tante Eugenia, tante Florina, tante Georgina, tante Helena, tante Iona...

Des larmes de désespoir commencèrent à rouler le long de ses joues. Les papiers ne se trouvaient pas là et il en serait tenu pour responsable. Il ne lui restait plus qu'à trouver une manière de sauver la tête de tout le monde, y compris la sienne ; mais pour le moment il devait regagner sa couchette. La Britland était capable de vouloir inspecter la cabine encore une fois.

Lenny se glissa hors de la penderie, referma soigneusement la porte derrière lui, traversa la cabine sur la pointe des pieds jusqu'à la porte d'entrée qu'il ouvrit prudemment... Et se figea.

Le regard d'acier de Jack Collins était fixé sur lui.

« Alors, montre-nous ce trésor caché », lui ordonna Collins tandis que les autres agents le saisissaient par les bras.

Sur les conseils de Collins, Henry et Sunday s'étaient retirés à l'autre extrémité de la coursive, protégés par quatre agents.

Collins repoussa Lenny dans la cabine. « Manifestement, il cherchait quelque chose, monsieur, dit-il à Henry, désignant la paroi endommagée au fond de la penderie. C'est un des matelots. Un déplorable accroc dans le dispositif de sécurité.

— Peu importe, le coupa Henry. A-t-il trouvé les documents ?

— Il n'a rien sur lui, monsieur. »

206

Lenny savait que son seul espoir était de négocier, et vite. « Je vous dirai tout, implora-t-il, mais en échange, pouvez-vous les empêcher de faire du mal à ma maman et à mes tantes ?

— Nous essayerons, promit Henry. Parle !

— Monsieur le Président, votre robe de chambre », dit Sims.

Cet homme garde un air digne même en vêtements de nuit, pensa Sunday. Sims portait une jaquette passée sur son pyjama, des chaussettes de soie et des mocassins noirs.

« Une minute, Sims. » Henry avait les yeux rivés sur Lenny. « J'ai dit : parle. »

« ... et Reuthers a appris que vous alliez faire démonter entièrement le bateau pour le rénover. Si vous trouvez la lettre et les pages de votre journal, il sait que ce sera la fin d'Angelica del Rio. Le peuple la lynchera. Il a dit que les papiers se trouvaient là, mais il se goure. Les papiers se sont évaporés. Disparus. »

Sunday vit sa propre déception se refléter sur le visage de son mari.

« Votre robe de chambre, monsieur, insista Sims. Vous allez attraper froid. » Il tressaillit. « Ô mon Dieu, cela me rappelle quelque chose. Il y a trente-deux ans, lors de cette horrible nuit, après la disparition du Premier ministre, je vous ai apporté votre robe de chambre avant de vous escorter jusqu'à la suite de votre père.

— Attendez ! s'exclama Sunday. Que dites-vous ?

— Je dis que j'ai apporté à Monsieur Henry — c'est ainsi que je l'appelais alors — sa robe de chambre et ensuite...

— Vous lui avez apporté sa robe de chambre ? Pourquoi ne se trouvait-elle pas dans sa cabine ? »

Des rides creusèrent le front de Sims.

« Bien sûr ! *Bien sûr !* Voilà exactement ce qui s'est passé. J'ai apporté moi-même votre lait et vos biscuits dans votre cabine, monsieur. La cabine A. Et j'ai vérifié si tout était en ordre. J'ai alors entendu un bruit fort irritant qui provenait des toilettes et j'ai décidé de vous installer dans la cabine B pour la nuit. »

Sims fronça les sourcils à nouveau. « Oui, je m'en souviens très bien, j'ai apporté votre pyjama dans la cabine B et j'ai fait le lit. J'y ai également déposé votre lait et vos biscuits. Sachant que vous souhaiteriez écrire votre journal, j'ai aussi placé votre cahier et votre stylo sur le bureau de la B.

— Évidemment ! s'exclama Henry. La porte était ouverte, vous étiez là, et j'étais tellement fatigué que je n'ai même pas remarqué que vous m'aviez changé de cabine ! »

Sunday se tourna vers Collins : « Jack, attaquons la cloison de la cabine voisine. »

Un quart d'heure plus tard, l'ex-président des États-Unis levait les yeux des pages jaunies qu'il venait de parcourir. « Tout est là, fit-il d'une voix assourdie par l'émotion. Jack, passez-moi la ligne directe. Je dois parler au président Ogilvey immédiatement. »

L'instant suivant, il était au téléphone avec son successeur et lui lisait les derniers mots écrits par Garcia del Rio.

« C'est le cœur lourd que j'ordonne l'arrestation de ma femme, la señora Angelica del Rio, et de son père, le généralissime José Imperate, accusés de haute trahison et de détournement de fonds publics.

« J'ai été averti d'un complot ourdi contre moi. La tentative d'assassinat doit avoir lieu mardi. Mon informateur ignore si elle doit prendre place sur le trajet entre le palais et l'Assemblée nationale, où je dois prononcer un discours, ou plus tard, durant le dîner privé que je donnerai pour les dirigeants de mon parti. Le nouveau leader choisi par ma femme a peut-être décidé de tous nous empoisonner. Je crois que ma femme et son père sont parvenus à éliminer ma garde habituelle en portant de fausses accusations contre des hommes qui ont fidèlement assuré ma protection pendant des années. Ils les ont remplacés par leurs hommes de main, conduits par un certain Congor Reuthers, un lointain cousin d'Angelica qui a été élevé en Angleterre.

« Par ailleurs, j'accuse ma femme de détournement de fonds publics. Elle a dérobé des millions de dollars aux fondations charitables qu'elle préside, des dollars destinés aux citoyens les plus démunis de notre pays. Comme preuve, voici la liste et les numéros de ses comptes en Suisse. »

« Et voilà, Des, conclut Henry. Les pages de mon journal indiquent qu'au moment où mon père s'est levé pour prononcer une allocution à la fin du dîner, Garcia del Rio a échangé subrepticement son assiette avec celle de sa femme. J'imagine qu'il était constamment sur ses gardes. Puis j'ai fait une remarque concernant la crème brûlée préparée par le chef personnel de Mme del Rio, j'ai dit qu'elle avait un goût pharmaceutique. Je suppose que nous avons tous été drogués avec un sédatif afin que personne ne puisse se porter au secours de del Rio. J'ai noté qu'Angelica n'avait pas touché au dessert. Et maintenant, cher ami, la balle est dans votre camp. »

Il tendit l'appareil à Jack Collins et se tourna vers Sunday. « C'est fini, chérie. »

« C'est merveilleux », murmurait Sunday une semaine plus tard en voyant le nouveau Premier ministre, Miguel Alesso, répondre aux ovations de la foule au Costa Barria.

« Ce sera un excellent chef d'État, dit Henry, qui réalisera le rêve de Garcia del Rio pour son pays — le respect des droits de l'homme, un gouvernement démocratique, une économie saine et le droit à l'éducation pour tous. »

Confortablement installés dans la bibliothèque de Drumdoe, ils regardaient l'émission spéciale qui avait suivi le journal de onze heures.

Sunday prit la main d'Henry. « Es-tu enfin convaincu que tu n'aurais pas changé le cours des choses, même si tu avais accompagné del Rio sur le pont cette nuit-là ?

— Oui, tu as raison, admit Henry. Je suis malgré tout heureux que son instinct l'ait poussé, au dernier moment, à glisser cette lettre dans ma poche. Sinon, nous n'aurions jamais connu la vérité.

— Et Angelica et son cousin vont enfin payer le prix de leurs crimes, ajouta Sunday. Je ne pense pas que la dame appréciera la prison à vie.

— Probablement pas, dit Henry en souriant. Et si nous faisions une dernière croisière sur le *Columbia* avant que ne commencent les travaux de rénovation ?

— Pourquoi pas ?

— Mais cette fois, tâche de rester dans la même cabine que moi. Je n'ai pas envie de partir à ta recherche au milieu de la nuit.

— Promis. On ne sait jamais ce que cachent les penderies, à bord de ce bateau. »

JOYEUX NOËL,
MERRY CHRISTMAS

« Rajoute du bois car froide est la bise
Mais qu'elle siffle à sa guise
Nous aurons un joyeux Noël. »

Sunday O'Brien leva les yeux vers son poète de mari, l'ex-président des États-Unis, qui déclamait, debout dans l'embrasure de la porte de son confortable bureau de Drumdoe, leur propriété de campagne de Bernardsville, dans le New Jersey.

Elle sourit affectueusement. Même en col roulé, jean et boots usagés, Henry Parker IV était le symbole même de l'élégance naturelle. Quelques fils gris dans son épaisse chevelure brune et les rides pensives de son front étaient les seuls signes indiquant qu'il approchait de son quarante-cinquième anniversaire.

« Voilà que nous citons Tennyson à présent, dit-elle en se redressant du sofa où elle lisait la masse de documents sur les projets de lois en cours de discussion. J'imagine que notre "super-mâle toutes catégories" est en train de nous concocter quelque chose.

— Pas Tennyson, ma chérie, sir Walter

Scott, et souviens-toi que je te ferai pendre par les pouces si tu m'appelles encore une fois "super-mâle".

— Mais le magazine *People* t'a élu pour la cinquième année consécutive. C'est un record. Bientôt ils devront créer un diplôme perpétuel et t'éliminer de la compétition. »

Devant l'expression mi-amusée, mi-menaçante d'Henry, Sunday ajouta à la hâte : « D'accord, d'accord, je plaisantais. »

« Votre scie, monsieur le Président. » Sims, le maître d'hôtel, apparut à la porte, tenant une scie flambant neuve sur ses paumes ouvertes. Il la présenta à Henry avec la même révérence que s'il lui avait remis les bijoux de la Couronne.

« Qu'est-ce que ça signifie ? s'exclama Sunday.

— À ton avis, chérie ? dit Henry tout en examinant attentivement l'instrument. Bravo, Sims, je pense qu'elle fera parfaitement l'affaire.

— Aurais-tu l'intention de me couper en deux ? demanda Sunday.

— Orson Welles et Rita Hayworth ont déjà réussi ce numéro au cinéma. Non, ma chérie, nous allons toi et moi faire un tour dans les bois. Ce matin, en me promenant à cheval, j'ai remarqué un superbe sapin qui fera un arbre de Noël idéal. Il se trouve à l'extrémité nord de la propriété, au-delà du lac.

— Et tu comptes l'abattre toi-même ? protesta Sunday. Henry, j'ai l'impression que tu

216

prends trop au sérieux cette qualification "toutes catégories". »

Henry leva sa main libre. « Pas de "mais". Je t'ai entendue raconter l'autre jour que tes plus jolis souvenirs étaient ceux où ton père t'emmenait chercher l'arbre de Noël et où tu l'aidais ensuite à le porter et à le décorer. Cette année, nous allons mettre en route nos propres traditions. »

Sunday ramena une mèche blonde derrière son oreille. « Tu parles sérieusement ?

— Absolument. Nous allons nous enfoncer à travers bois dans la neige. Je vais abattre le sapin et nous le tirerons ensemble jusqu'ici. »

Henry avait l'air enchanté de son plan. « Demain nous serons la veille de Noël. Si nous installons l'arbre aujourd'hui, nous pourrons commencer à le décorer dès ce soir. Sims apportera les boîtes qui sont rangées dans la réserve et tu pourras choisir les décorations.

— Nous en avons toute une sélection, madame, dit Sims. L'année dernière, c'est la maison Lanning, notre décorateur habituel, qui s'est chargée du sapin et a choisi le thème bleu et argent. Magnifique. L'année précédente, nous avions eu un Noël blanc. On nous a fait beaucoup de compliments.

— Ils ont dû avoir une crise cardiaque en constatant que tu ne faisais pas appel à eux cette année », fit remarquer Sunday tout en rangeant ses dossiers et son bloc. Elle se dirigea vers Henry et entoura sa taille de son bras. « Je lis dans tes pensées. Tu le fais pour moi. »

Il prit son visage entre ses deux mains. « Tu as eu des semaines difficiles. Je pense que c'est exactement le genre de Noël dont tu as besoin. Tous les domestiques en congé à l'exception de Sims, les types des services secrets chez eux en famille. Nous deux seuls avec Sims. »

Sunday avala la boule qui se formait dans sa gorge. Sa mère avait subi un triple pontage quelques semaines plus tôt. Elle était en convalescence dans la propriété des Britland, aux Bahamas, en compagnie du père de Sunday. Mais son état était resté critique pendant plusieurs jours, et la peur de perdre sa mère avait bouleversé Sunday.

« Si toutefois vous êtes d'accord pour que je reste avec vous, madame, dit Sims, avec une interrogation dans la voix, sans néanmoins se départir de sa légendaire gravité.

— Sims, cette maison est la vôtre depuis plus de trente ans, répondit Sunday. Bien sûr que nous désirons vous avoir près de nous ! »

Elle désigna la scie. « Je croyais que les bûcherons se servaient de haches ?

— C'est toi qui la porteras ? rétorqua Henry. Il fait froid dehors. Va mettre ton anorak. »

Caché derrière le gros tronc d'un chêne centenaire, Jacques sortit prudemment la tête pour observer l'homme de haute taille qui sciait l'arbre. La dame riait et faisait semblant de l'aider, tandis que l'autre homme, qui ressemblait à grand-père, se contentait de les regarder.

Jacques ne voulait pas qu'ils le voient. Ils pourraient le rendre à Lily, et Lily lui faisait peur. En vérité, elle lui avait fait peur dès la première minute, quand elle était arrivée pour le garder, au moment où maman et Richard étaient partis en voyage.

Maman et Richard s'étaient mariés la semaine dernière. Jacques avait trouvé son nouveau papa très gentil, jusqu'à ce que Lily lui annonce que sa mère et lui avaient téléphoné pour dire qu'ils ne voulaient plus de Jacques, et qu'elle pouvait l'emmener. Elle l'avait fait monter dans sa voiture et ils avaient roulé longtemps. Jacques dormait quand un grand bruit l'avait réveillé, puis la voiture avait fait un tête-à-queue et était sortie de la route. La porte de son côté s'était brusquement ouverte, et il s'était sauvé.

Pourquoi maman ne l'avait-elle pas donné à grand-père si elle ne voulait plus de lui ? Grand-père était reparti pour Paris en fin de matinée. En partant, il avait expliqué à Jacques qu'il serait très heureux dans cette jolie petite ville qui s'appelait Darien, dans la nouvelle maison de Richard. Et il lui avait promis qu'ils viendraient tous chez lui à Aix-en-Provence, l'été suivant, et qu'en attendant il enverrait des messages à Jacques sur son ordinateur.

Bien qu'il eût presque cinq ans, et que maman l'appelât son petit homme, Jacques n'y comprenait rien. Tout ce qu'il savait, c'était que maman et Richard ne voulaient plus de lui, et que lui ne voulait pas rester avec Lily. Si seulement il pouvait prévenir grand-père, peut-être viendrait-il le chercher. Mais si grand-père lui disait de rester avec Lily ? Mieux valait ne parler à personne, décida-t-il.

Devant lui, l'arbre s'écroula dans un grand fracas. Le grand monsieur, la dame et l'homme qui ressemblait à grand-père poussèrent des cris de joie, et tous ensemble ils se mirent à traîner l'arbre à travers les bois.

Silencieusement, Jacques les suivit.

« Ce sapin est parfait, monsieur, dit Sims, mais peut-être devrions-nous le centrer davantage.

— Il n'est pas droit dans son support, fit remarquer Sunday à son tour. Il penche un peu. »

Elle était assise en tailleur à même le sol de la bibliothèque et examinait les boîtes soigneusement rangées de décorations de Noël. « Cependant, étant donné l'énergie que vous avez dépensée tous les deux pour le mettre en place, je suggère qu'on n'y touche plus. Ça ira très bien comme ça.

— Je suis de ton avis, dit Henry. Quelle couleur as-tu choisie ?

— Aucune. Ou plutôt toutes. Comme à la maison. Des ampoules multicolores. Des guirlandes argentées. J'aimerais trouver des ornements un peu défraîchis qui te rappellent ton enfance.

— J'ai beaucoup mieux, j'ai tes ornements défraîchis à toi, lui dit Henry. Avant de partir avec ta mère pour Nassau, ton père les a retrouvés et me les a donnés.

— Je vais les chercher, monsieur, proposa Sims. Vous aimeriez peut-être boire un peu de champagne pendant que vous décorez l'arbre ?

— Volontiers pour moi. » Henry frotta ses mains rougies. « Et toi, chérie, une coupe te ferait-elle plaisir ? »

Sunday ne répondit pas. Elle fixait un point derrière le sapin. « Henry, dit-elle doucement, tu vas me prendre pour une folle, mais pendant un instant j'ai cru voir un visage d'enfant collé contre la vitre. »

Richard Dalton jeta un regard rapide à sa jeune épouse. Ils quittaient le Merritt Parkway, dans le Connecticut, pour s'engager sur la route de Darien. Dans un français parfait, il dit : « Je te dois un vrai voyage de noces, Giselle. »

Giselle DuBois Dalton passa sa main sous le bras de son mari et répondit en anglais avec un fort accent : « Souviens-toi, Richard, à partir de maintenant tu dois me parler uniquement en anglais. Et ne t'inquiète pas. Nous aurons un vrai voyage de noces plus tard. Tu sais que je n'aurais pas voulu laisser Jacques

221

avec une inconnue plus de quelques heures. Il est si craintif.

— Elle parle français couramment, chérie. Et l'agence l'a chaudement recommandée.

— Je sais, mais... » L'anxiété perçait dans la voix de Giselle. « Tout s'est fait si rapidement, tu ne trouves pas ? »

C'était effectivement précipité, se dit Dalton. Giselle et lui avaient projeté de se marier en mai, mais ils avaient dû avancer la date de la cérémonie quand on lui avait offert la présidence de All-Flav, une société de boissons gazeuses d'importance internationale. Auparavant, il avait été le directeur de Coll-ette, la filiale française de leur principal concurrent. Qui, à trente-quatre ans, aurait refusé une telle situation ? Surtout lorsqu'elle était assortie d'une prime d'engagement considérable. Giselle et lui s'étaient mariés une semaine auparavant, et quelques jours plus tard avaient emménagé à Darien, dans la maison louée pour eux par la société.

Le vendredi soir, la baby-sitter, Lily, qu'ils n'attendaient pas avant Noël, avait surgi à l'improviste. Le père de Giselle, Louis, leur avait dit d'en profiter pour aller passer deux jours de lune de miel à New York. « Je resterai avec Jacques jusqu'à lundi midi », avait-il promis.

Mais le déjeuner de Noël de la société s'était prolongé et à présent, à mesure qu'ils se rapprochaient de Darien, Richard sentait croître la tension de Giselle.

Il comprenait son inquiétude. Veuve à vingt-quatre ans, avec un bébé, elle avait trouvé un emploi dans le service de relations publiques de Coll-ette, où ils s'étaient rencontrés un an plus tôt.

Les choses n'avaient pas été faciles au début. Giselle protégeait tellement Jacques, craignait tellement qu'un beau-père — n'importe quel beau-père — ne soit pas assez bon avec lui.

Ils avaient pensé vivre à Paris, bien sûr. Mais, en l'espace de quelques semaines, ils avaient dû entièrement modifier leurs plans, avancer la date de leur mariage et venir s'installer aux États-Unis. Richard savait que le souci principal de Giselle était que tous ces changements — un nouveau père, un nouveau pays, une nouvelle maison — ne soient trop brusques pour Jacques. Qui plus est, il comprenait à peine l'anglais.

« Enfin chez nous ! » dit-il d'un ton joyeux en engageant la voiture dans la longue allée.

Sans attendre qu'elle soit complètement arrêtée, Giselle ouvrit la portière.

« La maison est si sombre, dit-elle. Pourquoi Lily n'a-t-elle pas allumé ? »

Richard faillit répondre que Lily était sans doute une ménagère française économe mais les mots moururent sur ses lèvres. La maison avait un air abandonné que lui-même jugea inquiétant. Bien qu'il fît presque nuit, aucune lumière n'apparaissait aux fenêtres.

Il rejoignit Giselle devant la porte d'entrée. Elle fouillait dans son sac à la recherche de la clé. « C'est moi qui l'ai, chérie », lui dit-il.

La porte s'ouvrit sur un hall d'entrée obscur.

« Jacques ! appela Giselle. Jacques ! »

Richard actionna l'interrupteur. Au moment où la lumière se répandait dans la pièce, il aperçut une feuille de papier posée en évidence sur le guéridon. On y lisait ces mots : « N'appelez pas la police. »

N'appelez pas la police...

« Mademoiselle LaMonte, comment vous sentez-vous ? »

Elle ouvrit lentement les yeux et vit un policier qui la regardait avec sollicitude. Que m'est-il arrivé ? se demanda-t-elle pendant un instant. Puis la mémoire lui revint brusquement. Un pneu avait éclaté, elle avait perdu le contrôle de la voiture qui était sortie de la route et avait dévalé le talus. Sa tête avait violemment heurté le volant.

Le petit garçon, Jacques... Leur avait-il parlé d'elle ? Que devrait-elle dire ? On allait la mettre en prison.

Elle sentit une main se poser sur son épaule. Un médecin se tenait à côté du lit.

« Calmez-vous, dit-il d'un ton rassurant. Vous êtes au service des urgences de l'hôpital de Moristown. Vous avez une grosse bosse, mais à part ça tout va bien. Nous avons essayé de joindre votre famille ; sans succès jusqu'à présent. »

Joindre sa famille ? Bien sûr. Elle portait sur elle le portefeuille que Pete avait dérobé et qui contenait les papiers de la vraie Lily LaMonte, permis de conduire, carte grise, assurance médicale, et cartes de crédit.

Malgré les battements lancinants qui lui

martelaient la tête, Betty Rouche retrouva en un éclair son habileté à mentir. « À vrai dire, tant mieux. Je vais les rejoindre pour Noël, et je ne voudrais pas qu'ils s'inquiètent. »

Où était-elle censée se rendre ? Où était passé le gamin ?

« Vous étiez seule dans la voiture ? »

Elle avait le vague souvenir d'avoir vu s'ouvrir la portière du passager. L'enfant s'était sans doute sauvé. « Oui », murmura-t-elle.

« Votre voiture a été remorquée jusqu'à la station-service la plus proche, mais je crains qu'elle n'ait besoin de sérieuses réparations, reprit l'agent de police. Voire même qu'elle soit bonne pour la casse. »

Il fallait qu'elle sorte de là. Betty se tourna vers le médecin : « Mon frère reviendra s'occuper de la voiture. Suis-je en état de partir ?

— Je crois, oui. Mais allez-y doucement. Et prenez rendez-vous avec votre médecin habituel pour la semaine prochaine. »

Avec un sourire rassurant, il quitta la pièce.

« J'ai besoin d'une signature pour le constat, dit l'agent de police. Quelqu'un va-t-il venir vous chercher ?

— Oui. Merci. Je vais téléphoner à mon frère.

— Bon, alors bonne chance. Vous avez évité le pire. Un pneu qui éclate et pas d'airbag ! »

Dix minutes plus tard, Betty était dans un taxi en route vers l'agence de location de voitures la plus proche. Encore vingt minutes et elle prendrait la direction de New York. Ils avaient prévu qu'elle emmènerait le gosse chez son cousin Pete, à Somerville, c'était désormais hors de question.

Elle attendit d'être sortie sans encombre de la ville avant de s'arrêter dans une station-service pour téléphoner. Maintenant qu'elle était plus ou moins en sécurité, elle avait besoin de laisser éclater sa fureur contre son cousin qui l'avait entraînée dans cette histoire.

« Rien de plus facile, lui avait-il expliqué, c'est le genre d'occasion qui se présente une fois dans l'existence. » Pete travaillait à l'agence Best Choice Employment, à Darien. Il se vantait d'être stagiaire, mais Betty savait que ses tâches consistaient surtout à servir de coursier et à tondre les pelouses des propriétés en location gérées par l'agence.

Comme elle, il avait trente-deux ans ; ils avaient grandi dans la même rue, et s'étaient attiré quelques ennuis aux cours des années. Ils riaient encore au souvenir du jour où ils avaient saccagé l'école, laissant accuser d'autres enfants à leur place.

Cette fois-ci, elle aurait dû savoir que Pete visait trop haut avec ce plan farfelu. « Écoute, lui avait-il dit, grâce à l'agence je sais tout sur ce couple avec un enfant. Le type, Richard Dalton, vient d'encaisser un chèque de six millions de dollars — ils appellent ça une prime d'engagement. J'ai même travaillé dans la maison qu'ils vont occuper. C'est un autre directeur qui l'habitait il y a six mois. Et je connais Lily LaMonte. Elle a été employée par d'autres gens sur recommandation de l'agence, c'est la seule qui soit qualifiée pour ce job. Ils ont besoin d'une femme qui parle français couramment. J'ai appris qu'elle va passer Noël au Nouveau-Mexique. Tu prendras sa place. Tu as le même âge qu'elle, tu lui ressembles, et tu parles français correctement. Une fois le couple parti en voyage, tu emmènes le gosse chez moi à Somerville. Je m'occuperai de la demande de rançon et du reste. Ce sera donnant, donnant. Nous aurons un million de dollars à nous partager.

— Et s'ils appellent les flics ?

— Ça ne risque pas, mais mettons même qu'ils le fassent, quelle importance ? Personne ne te connaît, et pour quelle raison me soupçonneraient-ils ? Nous ne ferons aucun mal au môme. Et je serai bien placé pour savoir ce qui se passe. Une partie de mon boulot consiste à déblayer la neige devant cette baraque ; or il va neiger, paraît-il. Je saurai tout de suite si la police s'est manifestée. Je leur téléphonerai pour leur dire de laisser le fric dans leur boîte aux lettres demain soir et que le gosse sera de retour pour Noël. Qu'ils appellent les flics, et ils n'entendront plus parler de nous.

— Et que ferons-nous du gamin dans ce cas ?

— La même chose que s'ils nous filent le fric. De toute façon, on laisse le gosse dans une église, à New York. Leurs prières seront exaucées. »

Pour Betty, cela paraissait aussi anodin que de saccager l'école sans se faire prendre. Pas plus qu'elle, Pete ne ferait de mal à l'enfant.

De même qu'il ne leur serait jamais venu à l'esprit d'incendier l'école. Ils n'auraient pas été jusque-là.

La voix de Pete était nerveuse au téléphone. « Ça fait des heures que je t'attends.

— Je serais arrivée plus tôt si tu t'étais assuré que cette foutue bagnole avait des pneus corrects, répliqua Betty.

— Qu'est-ce que ça veut dire ? »

Elle sentit le ton de sa voix monter tandis qu'elle lui racontait ce qui s'était passé.

Il l'interrompit : « Ferme-la et écoute-moi. On annule tout. Oublie l'argent. Plus de contact avec eux. Où est l'enfant ?

— J'en sais rien. Je me suis réveillée à l'hôpital. Apparemment il a filé avant que les flics ne me trouvent.

— Si jamais il parle, ils feront le rapport avec toi. Savent-ils que tu as loué une voiture ?

— Le chauffeur de taxi le sait.

— Bon. Abandonne la voiture et tire-toi. Débrouille-toi pour qu'on n'entende plus parler de toi. Souviens-toi : nous n'avons rien à voir dans la disparition de ce gosse. »

« Monsieur, personne jusqu'ici n'a signalé la disparition d'un enfant, dit le policier à Henry. Mais je vais emmener le petit au commissariat, où une assistante sociale s'occupera de lui si personne ne vient le réclamer rapidement. Il est probable, cependant, que de pauvres gens morts d'inquiétude sont en ce moment même à sa recherche. »

Ils étaient rassemblés dans la bibliothèque de Drumdoe. La pièce était dominée par le grand arbre de Noël, un peu incliné et encore nu, pas plus décoré que lorsque Sunday avait aperçu le visage de Jacques à la fenêtre. En comprenant qu'on l'avait vu, le petit garçon avait tenté de se sauver, mais Henry s'était précipité à temps pour le rattraper. Leurs questions patientes restant sans réponse, Henry avait téléphoné à la police pendant que Sunday débarrassait l'enfant de son blouson. Elle avait doucement frotté les petits doigts glacés pour les réchauffer, sans cesser de lui parler à voix basse, espérant gagner sa confiance, le cœur serré à la vue de l'effroi qui habitait ses yeux bleu-vert.

Le policier s'était accroupi devant l'enfant. « Il n'a pas plus de cinq ans, à mon avis. C'est l'âge du fils de ma sœur, et il est à peu près de la même taille. » Il sourit à Jacques.

« Je suis un policier et je vais t'aider à retrouver ton papa et ta maman. Je suis sûr qu'ils te cherchent partout en ce moment. Je vais t'emmener dans ma voiture jusqu'à un endroit où ils pourront venir te prendre. D'accord ? »

Il posa sa main sur l'épaule de Jacques et voulut l'attirer vers lui. Le visage crispé par la peur, Jacques eut un mouvement de recul et se tourna vers Sunday, le visage enfoui dans ses mains, se pressant contre elle comme s'il recherchait sa protection.

« Il est terrifié », dit Sunday. Elle s'agenouilla à côté de lui et l'entoura de ses bras.
« Monsieur l'agent, ne pourriez-vous le laisser
ici ? Je suis certaine que vous allez très bientôt
recevoir un appel à son sujet. En attendant, il
pourrait nous aider à décorer l'arbre. N'est-ce
pas, mon petit bonhomme ? »

Sunday sentit l'enfant se pelotonner contre
elle. « N'est-ce pas ? » répéta-t-elle doucement.
Comme il ne répondait pas, elle suggéra : « Il
a peut-être du mal à comprendre.

— Ou à parler », dit Henry. « Monsieur
l'agent, je pense que ma femme a raison. Il
sera bien traité et au chaud ici. Nous le ferons
dîner, et vous aurez sûrement bientôt appris
qui il est et d'où il vient.

— C'est malheureusement impossible, monsieur. Je dois l'emmener au commissariat. Il
faut le photographier et rédiger une description détaillée afin de transmettre un avis de
recherche. Les services de l'assistance sociale
décideront ensuite si nous pouvons vous le
confier jusqu'à ce qu'on le réclame. »

Maman lui avait appris que s'il se perdait, il
fallait aller trouver un gendarme et lui donner
son nom, son adresse et son numéro de
téléphone. Jacques était sûr que cet homme
était un gendarme, mais il ne pouvait pas lui
dire son nom ni son adresse. Maman et
Richard l'avaient abandonné à Lily, et il ne
voulait pas qu'elle revienne le chercher,
jamais.

230

Cette dame lui faisait penser à maman. Elle avait des cheveux de la même couleur, et le même sourire. Elle était gentille. Pas comme Lily, qui ne souriait pas et qui l'avait obligé à mettre ces vêtements inconfortables qui le serraient. Jacques avait faim et il était fatigué. Et il avait aussi très peur. Il avait envie de retourner à Paris, avec maman et grand-père.

Bientôt ce serait Noël. L'année dernière, Richard était venu chez eux et lui avait apporté un train. Ils avaient monté les rails ensemble, et la gare, et les sifflets et les petites maisons le long des voies. Richard avait promis qu'ils les installeraient cette année dans leur nouvelle maison. Mais Richard lui avait menti.

Jacques sentit qu'on le soulevait de terre. Ils allaient l'emmener, le ramener à Lily. Pris de panique, il cacha son visage dans ses mains.

Deux heures plus tard, voyant que Lily n'était pas revenue et que le gendarme le reconduisait jusqu'à la grande maison, Jacques se sentit un peu rassuré. Il serait en sécurité ici. Des larmes de soulagement gonflèrent dans ses yeux. La porte s'ouvrit, l'homme qui ressemblait à grand-père les fit entrer et les conduisit dans la pièce où se dressait le sapin de Noël. Le grand monsieur et la dame étaient là.

« Nous l'avons fait examiner par un médecin, dit le policier à Henry et à Sunday. D'après le rapport médical, il est en excellente santé et a été bien traité. Il n'a toujours pas dit un mot, et il refuse de manger mais le docteur pense qu'il est trop tôt pour dire s'il s'agit d'un problème physique ou s'il est simplement traumatisé. Nous avons diffusé sa photo et son signalement. À mon avis, on va le réclamer très rapidement. En attendant, les services de l'assistance sociale acceptent qu'il reste chez vous. »

Jacques ne comprenait pas ce que disait le gendarme, mais la dame qui ressemblait à sa maman s'agenouilla près de lui et l'entoura de ses bras. Elle était gentille, il se sentait en sûreté avec elle, un peu comme avec maman du temps où elle l'aimait. La grosse boule qui lui serrait la gorge commença à fondre.

Sunday le sentit trembler contre elle. « Ça fait du bien de pleurer », murmura-t-elle en caressant ses fins cheveux bruns.

Impuissant, Richard Dalton regardait sa femme assise près du téléphone qu'elle ne quittait pas du regard. Giselle était visiblement en état de choc. Ses pupilles étaient dilatées, son visage sans expression. Les heures s'écoulant sans qu'ils aient la moindre nouvelle des ravisseurs, il était convaincu que le mieux aurait été d'avertir la police. Mais à cette idée, Giselle était devenue hystérique. « Non, non, non, tu ne peux pas faire ça, tu n'as pas le droit. Ils vont le tuer. Il faut leur obéir. Nous devons attendre leurs instructions. »

Il aurait dû se douter qu'il n'était pas normal que cette femme soit apparue sans prévenir. L'agence avait clairement expliqué que Lily LaMonte avait prévu de s'absenter pour Noël et ne reprendrait pas son travail avant le vingt-sept. Nous aurions dû vérifier. Ce n'était pas sorcier de téléphoner à l'agence pour avoir confirmation. Mais comment la femme qui prétendait s'appeler Lily LaMonte avait-elle eu l'idée de se présenter chez eux ? Manifestement, il s'agissait d'un coup monté ; elle avait projeté d'enlever Jacques à la première occasion. C'était le père de Giselle qui les avait finalement convaincus d'engager cette baby-sitter et d'aller passer le week-end à New York. Quelle ironie du sort, car le pauvre homme serait bouleversé s'il arrivait quelque chose à Jacques. Non, ce n'était pas sa faute, se reprit Richard. Nous aurions sans doute nous-mêmes confié Jacques à cette femme aujourd'hui, pour nous rendre au déjeuner de Noël de la société. Il secoua la tête. Qui sait ? Quoi qu'il en soit, il est trop tard pour se poser de telles questions.

Il ne pouvait pas rester sans rien faire. L'inaction le rendait fou. Il s'agissait sûrement d'une question d'argent. Dès demain, Jacques leur serait rendu.

Demain.

La veille de Noël !

Il soupira. Cela prendrait peut-être un peu plus de temps. Sa prime d'engagement avait été mentionnée par la presse. Il était logique qu'on le croie en possession de six millions de dollars. Mais personne de sensé ne pouvait imaginer qu'il disposerait sur l'heure d'une telle somme en liquide. Vous retiriez au maximum une centaine de dollars avec une carte de crédit.

Le ou les ravisseurs avaient probablement prévu de garder Jacques jusqu'au lendemain. S'ils téléphonaient dans la matinée, Richard pourrait retirer de l'argent à sa banque. Mais quelle somme exactement ? Combien exigeraient-ils ? S'ils demandaient plusieurs millions, il faudrait plus d'un jour pour les rassembler. Aucune banque n'avait à sa disposition une telle somme.

Giselle pleurait, à présent, des larmes coulaient silencieusement le long de ses joues. Ses lèvres formaient le nom de son fils : Jacques, Jacques.

C'est ma faute, se reprocha Richard. Giselle et Jacques m'ont suivi en toute confiance, et voilà le résultat. Décidément, il ne supporterait pas de rester inactif plus longtemps. Il avait promis à Jacques d'installer son train pour Noël. Il parcourut la pièce du regard. Les boîtes étaient entassées dans un coin de la salle de séjour où ils étaient assis.

Richard se leva, se dirigea vers elles et s'accroupit sur le sol. Ses doigts déchirèrent le ruban adhésif de la première boîte, et il en tira des sections de rails. L'an dernier, à la veille de Noël, lorsque Jacques avait trouvé les paquets enveloppés de papier multicolore dans la maison de grand-père, Richard lui avait dit que le Père Noël avait déposé son cadeau à l'avance pour leur permettre de le monter ensemble.

Une fois les rails, les ponts et les maisons en place, il avait montré l'interrupteur à Jacques.

« Voilà ce qui le fait démarrer, avait-il expliqué. Essaye. »

Jacques avait appuyé sur le bouton. Les lampes dans les petites maisons s'étaient allumées, les passages à niveau s'étaient levés, les sifflets avaient émis un son aigu et la vieille locomotive Lionel avec ses six wagons s'était ébranlée en soufflant avant de prendre de la vitesse.

Comment décrire l'ébahissement qui était apparu sur le visage de Jacques ?

Allons, je veux bien installer ce train encore une fois, mais il faudra que tu sois là pour le faire marcher avec moi.

Le téléphone sonna. Il s'élança, parvint à prendre l'appareil des mains de Giselle sans lui laisser le temps de répondre. « Richard Dalton », dit-il d'un ton sec.

Une voix basse et rauque, manifestement déguisée, demanda : « Qu'est-ce que vous avez comme liquide chez vous ? »

Richard réfléchit rapidement. « Environ deux mille dollars. »

Pete Schuler avait changé d'avis. Peut-être pourrait-il tirer un peu de fric de cette affaire après tout.

« Est-ce que vous avez prévenu la police ?

— Non, je vous jure que non.

— O.K. Allez déposer les billets dans la boîte aux lettres. Ensuite, fermez les stores et les rideaux. Je ne veux pas que vous regardiez dehors, compris ?

— Oui, oui. Nous suivrons vos instructions. Est-ce que Jacques va bien ? Je veux lui parler.

— Vous lui parlerez toujours assez tôt. Mettez le fric où je vous l'ai dit, et votre gosse décorera le sapin de Noël avec vous demain soir.

— Ne lui faites pas de mal. Vous avez intérêt à prendre soin de lui.

— Vous en faites pas. Mais n'oubliez pas ; un mot à la police et il se retrouve en Amérique du Sud. Compris ? »

Ils n'ont pas menacé de le tuer, pensa Richard. Au moins ils n'ont pas menacé de le tuer. Il entendit un déclic. Raccrochant le téléphone, il entoura Giselle de ses bras. « Ils vont nous le rendre demain. »

La fenêtre de la chambre du milieu, au premier étage, surplombait directement la boîte aux lettres placée au bord du trottoir. C'est là que Richard se mit en observation, devant la fente des rideaux, le téléphone à portée de la main. Il savait que Giselle risquait de ne pas comprendre les instructions grommelées par son interlocuteur. Ses nerfs étaient sur le point de craquer, et il l'avait obligée à s'allonger sur le lit près de la fenêtre, enveloppée d'un châle. Ultime préparatif, il avait réglé son appareil photo pour une luminosité minimale.

Une fois installé à son poste de guet, Richard réalisa qu'il n'apprendrait pas grand-chose sur la personne qui viendrait prendre l'argent. Encore une chance s'il arrivait à repérer la marque de sa voiture. Aucune lumière n'éclairait la rue, le ciel était noir de nuages menaçants. Je devrais appeler la police, se dit-il. Ce serait probablement la seule chance d'arrêter le malfaiteur quand il viendra récupérer l'argent.

Il soupira. S'il prévenait la police et qu'un malheur survenait, il ne se le pardonnerait jamais, et Giselle non plus.

Ses souvenirs le ramenèrent soudain à l'époque où il avait neuf ans, et aux leçons de piano que sa mère l'obligeait à suivre. Un des seuls morceaux qu'il parvenait à jouer en entier et sans faute était *All Through the Night*. Parfois, sa mère s'asseyait près de lui et chantait pendant qu'il jouait.

> « *Dors mon petit, repose en paix,*
> *Toute la nuit.*
> *Des anges gardiens Dieu t'enverra*
> *Toute la nuit.* »

Que les anges gardiens protègent notre petit garçon, pria silencieusement Richard en entendant les sanglots étouffés de Giselle.

Un dernier fragment de la chanson lui revint à l'esprit : « *Et tendrement je veillerai, toute la nuit.* »

Le dîner fut simple : salade, pâtes au basilic et à la tomate. L'enfant était assis entre Henry et Sunday à la table de la petite salle à manger. Il prit la serviette posée à côté de son assiette et l'étala sur ses genoux, mais il ne regarda pas Sims lorsque ce dernier lui offrit du pain, et ne toucha pas à son assiette.

« Il doit pourtant être affamé, dit Henry. Il est presque sept heures et demie. » Il prit une bouchée de pâtes et sourit à l'adresse du petit garçon. « Hmmm... c'est fameux. »

Jacques le regarda gravement et détourna les yeux.

« Peut-être un sandwich au beurre de cacahuètes avec de la confiture ? suggéra Sims. Vous en raffoliez lorsque vous étiez petit, monsieur.

— Ne nous occupons pas de lui pendant une ou deux minutes et voyons ce qu'il va faire, dit Sunday. Je suis sûre qu'il a très peur, mais je suis sûre aussi qu'il a faim. S'il ne mange toujours pas, nous changerons de menu. Dans ce cas, Sims, vous lui donnerez du Coca-Cola à la place du lait. »

Elle enroula quelques pâtes autour de sa fourchette. « Henry, ne trouves-tu pas étrange que personne ne se soit manifesté auprès de la police pour réclamer cet enfant ? S'il habitait dans les environs, tout parent normal l'aurait immédiatement contactée pour signaler sa disparition. Je me demande comment il a pu arriver jusqu'ici ? Crois-tu qu'on l'aurait délibérément abandonné à notre porte ?

— C'est impensable, répondit Henry. Il aurait fallu que les auteurs de cet acte aient su que nous avions renvoyé les agents des services secrets pendant quelques jours. Sinon ils auraient été repérés et interrogés à la grille d'entrée. Je pense plutôt que, pour une raison inexplicable, sa disparition n'a pas encore été remarquée. »

Sunday jeta un coup d'œil à Jacques et revint très vite à Henry. « Ne le regarde pas maintenant, souffla-t-elle, notre petit bonhomme se décide enfin à manger. »

Ils continuèrent à bavarder pendant tout le dîner, sans prêter attention à Jacques, qui termina ses pâtes, la salade et le lait.

Sunday le vit regarder en direction du pain, qui était hors de sa portée. Mine de rien, elle poussa la corbeille vers lui. « Autre chose, dit-elle. Il désirait un morceau de pain, mais il n'a pas essayé de se servir tout seul. Henry, j'ignore si tu t'en es aperçu, mais cet enfant se tient très bien à table. »

Après le dîner, ils regagnèrent la bibliothèque pour finir de décorer l'arbre de Noël. Sunday montra à Jacques la dernière boîte encore remplie d'accessoires et il l'aida à les déballer. Elle remarqua le soin avec lequel il les sortait délicatement, un par un, de leurs compartiments. Ce n'est pas la première fois qu'il décore un arbre de Noël, se dit-elle. Un peu plus tard, elle s'aperçut qu'il fermait les yeux malgré lui.

Une fois la dernière décoration sortie de la boîte et accrochée, Sunday déclara : « Il me semble que le marchand de sable est passé.

La question est de savoir où installer ce bout de chou.

— Chérie, il y a au moins seize chambres dans cette maison.

— Certes, mais où dormais-tu à son âge ?

— À l'étage des enfants.

— Avec ta nounou à côté ?

— Bien sûr.

— C'est bien ce que je pensais. »

Sims empilait les boîtes vides. « Sims, je crois que nous allons coucher notre ami sur le divan de notre petit salon, dit Sunday. Nous laisserons la porte de notre chambre ouverte, ainsi il pourra nous voir et nous entendre.

— Très bien, madame. Et comme vêtement de nuit ?

— Un T-shirt d'Henry fera l'affaire. »

Tard dans la nuit, Sunday fut réveillée par un léger bruit dans la pièce voisine. En un instant, elle se retrouva à la porte du petit salon contigu à leur chambre.

Jacques était debout à la fenêtre, le visage levé vers le ciel. Elle perçut un vague grondement. Un avion passait au-dessus de la maison. Il a dû l'entendre, pensa-t-elle. Je me demande ce que cela signifie pour lui.

Sans se rendre compte de sa présence, le petit garçon regagna son lit, se glissa sous les couvertures et enfouit son visage dans l'oreiller.

La veille de Noël s'annonçait claire et froide. À l'aube, quelques flocons de neige étaient tombés, laissant une couche scintillante sur les pelouses et les champs déjà blancs. Henry, Sunday et Jacques partirent faire une promenade matinale.

« Chérie, tu sais que nous ne pouvons pas le garder indéfiniment », dit Henry. Un chevreuil passa dans la forêt et Jacques courut en avant pour le regarder.

« Je sais, Henry.

— Tu as eu raison de l'installer près de nous la nuit dernière. Je commence à comprendre ce qui nous attend lorsque nous aurons des enfants. Dormiront-ils tous sur le divan du petit salon ? »

Sunday éclata de rire. « Non, mais ils n'habiteront pas dans une autre aile de la maison. » Puis elle s'exclama : « Henry, regarde ! »

Jacques s'était brusquement arrêté dans sa course et levait vers le ciel un regard plein d'attente.

Loin au-dessus d'eux passait un avion. « Henry, dit lentement Sunday, cet enfant a fait récemment un voyage en avion. »

La pensée d'avoir deux mille trois cent trente trois dollars en poche ne rasséréna pas Pete, même si cette aubaine signifiait pour lui la possibilité de s'offrir quelques séjours aux sports d'hiver. Plusieurs questions continuaient à le tracasser.

Où était l'enfant ? Pourquoi ne se montrait-il

pas ? Sa crétine de cousine Betty l'avait perdu quelque part dans le New Jersey. Comment se faisait-il qu'aucun bon citoyen ne l'ait encore retrouvé et remis à la police ? Et si l'enfant avait eu un accident ? Il tournait et retournait ces questions dans sa tête. En vain.

Betty avait trouvé refuge chez une amie à New York, dans un taudis de l'East Village. Pete composa le numéro. Ce fut Betty qui répondit. Elle semblait à bout. « Est-ce qu'on a retrouvé le petit ? demanda-t-elle.

— Non. Où l'as-tu paumé ?

— À Bernardsville. C'était le nom du patelin. Crois-tu qu'il ait pu se faire écraser ou quelque chose de ce genre ?

— Comment veux-tu que je le sache ? C'est toi qui l'as perdu. » Pete réfléchit. « Je suis pratiquement certain que ses parents n'ont pas prévenu la police. » Il n'allait pas dire à Betty qu'il avait l'argent. « Mais il faut que nous sachions ce qui se passe au juste. Au cas où ils auraient une piste, prends un bus pour le New Jersey, appelle le commissariat de Bernardsville d'une cabine, et demande si on leur a amené un gosse de cinq ans. Compris ?

— En quoi ça va nous avancer ? Qu'espères-tu qu'ils me disent ? » *Pourquoi me suis-je fichue dans ce pétrin ?* se demanda Betty. *S'il est arrivé malheur à ce gosse, je risque de finir ma vie en tôle.*

« Mais fais gaffe, continuait Pete. S'ils ont l'enfant, ils risquent de te poser un tas de questions. Vas-y. Pars tout de suite ! »

À deux heures, Betty le rappela. « Ils m'ont demandé de décrire l'enfant. J'ai pas mis longtemps à raccrocher.

— Tu es idiote », lui dit sèchement son cousin, et il reposa le combiné. Si la mère et Dalton n'avaient pas encore prévenu la police, ils n'allaient pas tarder à le faire, surtout s'ils n'entendaient plus parler de lui. Il gagna une station-service de Southport. C'était à lui de prendre l'initiative.

On décrocha à la première sonnerie. « Richard Dalton.

— Il y a eu un contretemps, dit Schuler de la même voix sourde que précédemment, plaçant un mouchoir sur le micro. Vous affolez pas. Compris ? *Ne paniquez pas.* »

Richard Dalton entendit le déclic. Quelque chose s'était mal passé. L'individu qui avait pris l'argent était venu à pied. Voilà pourquoi il n'avait vu personne. Il était resté éveillé toute la nuit, guettant l'approche d'une voiture. Rien. Il avait manqué la venue de celui qui avait emporté l'argent.

Le téléphone sonna à nouveau. Dalton s'en empara, se nomma, écouta, puis, couvrant l'appareil de sa main : « C'est ton père. Il voudrait parler à Jacques.

— Dis-lui que je suis sortie avec lui. » Le visage de Giselle était un masque d'angoisse et de chagrin. Il pouvait à peine soutenir son regard.

« Louis, il est sorti avec sa mère faire des

courses, dit Richard à son beau-père. Nous vous rappelerons demain, bien sûr. »

Tandis qu'il s'apprêtait à raccrocher, Giselle cria : « Dis-lui que nous sommes partis faire des achats de dernière minute pour Noël. »

Il entendit un choc derrière lui. Giselle venait de tomber évanouie, actionnant dans sa chute l'interrupteur du train électrique. Les lumières se mirent à clignoter, le passage à niveau se leva, la locomotive se mit en branle.

Dalton traversa la pièce, arrêta le train, et souleva sa femme dans ses bras.

À cinq heures, le chef de la police de Bernardsville téléphona, demandant à parler à Henry. « Monsieur le Président, dit-il, la description du petit garçon a été diffusée dans toute la région. Le FBI et la police des cinquante États ont été avisés. Nous avons vérifié auprès du bureau des enfants disparus. Pour l'instant, aucune réaction. Pourtant, je dois vous dire que nous avons reçu un coup de téléphone assez bizarre aujourd'hui, demandant si un enfant de cinq ans nous avait été remis. Cette histoire commence à ressembler à un abandon. A-t-il parlé ?

— Pas un mot, dut admettre Henry.

— Alors, le mieux est de nous le confier. Nous l'emmènerons à l'hôpital pour le faire examiner sérieusement et voir s'il est réellement incapable de parler, ou s'il a été traumatisé.

— Attendez une minute, je vous prie. »

Sunday avait envoyé Sims dans un grand magasin de jouets local, et il en était revenu chargé de cadeaux. La plupart d'entre eux étaient encore enveloppés. Ils en avaient déballé certains cependant, en particulier un grand jeu de construction en plastique, avec lequel Jacques et elle étaient en train de construire une haute tour compliquée. Elle écouta avec inquiétude les nouvelles qu'Henry lui rapportait. « Henry, c'est la veille de Noël. Ce petit garçon ne peut pas se réveiller demain dans un hôpital.

— Nous ne pouvons pas non plus le garder indéfiniment, chérie.

— Dis-leur de nous le laisser jusqu'à jeudi. Qu'il passe au moins Noël ici. Il se sent bien avec nous, c'est visible. Et, Henry, Sims lui a acheté de nouveaux vêtements. Ceux qu'il portait semblent neufs, mais ne sont pas à sa taille. C'est curieux. Je ne crois pas qu'il ait été abandonné. Je crois que sa famille ne sait pas où le chercher. Parles-en à la police. »

Jacques ne comprenait pas ce que disait la gentille dame qui ressemblait à maman. Il savait qu'il était content d'être avec elle, et aussi avec le grand monsieur et le plus vieux qui ressemblait à grand-père. Mais il savait aussi qu'il aurait voulu être à la maison avec maman et Richard. Pourquoi ne voulaient-ils plus de lui ? S'il était très sage, peut-être accepteraient-ils qu'il revienne avec eux. Soudain, il ne put contenir son chagrin plus longtemps. Il lâcha la pièce qu'il s'apprêtait à placer au sommet de la tour et se mit à pleurer — des larmes silencieuses, désespérées, que même la gentille dame qui le berçait dans ses bras ne put arrêter.

Ce soir-là, il fut incapable de manger. Il fit un effort, mais la nourriture ne passait pas. Ensuite, ils revinrent dans la pièce où se trouvait l'arbre de Noël, et il ne put s'empêcher de penser au train que Richard et lui devaient monter dans la nouvelle maison de Darien.

Sunday devinait les pensées d'Henry. Ils n'étaient d'aucun secours à ce petit garçon. Il était triste, désespérément et irrémédiablement triste, et tous les jouets du monde ne pourraient dissiper son désespoir. En fin de compte, peut-être serait-il mieux dans un hôpital, entre les mains de spécialistes.

Elle éprouvait la même impression d'impuissance que le jour où elle était restée des heures à s'inquiéter, en compagnie de son père et d'Henry, pendant l'opération de sa mère.

« À quoi penses-tu, ma chérie ? demanda doucement Henry.

— Je pense que nous ferions mieux de laisser les hommes de l'art s'en occuper. Tu avais raison. Nous ne lui servons à rien en le gardant ici.

— C'est mon avis.

— Ce n'est pas une atmosphère de veille de Noël, dit Sunday d'un ton navré. Un enfant perdu. Comment se fait-il que personne ne le recherche ? Peux-tu imaginer ce que nous res-

246

sentirions si notre petit garçon avait disparu ? »

Henry s'apprêtait à répondre, mais il tendit l'oreille. « Écoute. Ce sont les petits chanteurs de Noël qui arrivent. »

Il alla ouvrir la fenêtre. Un souffle d'air froid pénétra dans la pièce, et il entendit les enfants approcher de la maison. Ils chantaient : *Que Dieu vous garde, bonnes gens.*

« Ne vous effrayez pas ! » continua Sunday, qui fredonna ensuite avec eux les paroles émouvantes de *Douce Nuit.*

Henry et elle applaudirent, et le groupe entonna : *Décorons de houx la porte.*

Puis le chef de chœur s'approcha de la fenêtre et dit : « Monsieur le Président, nous avons appris un chant de Noël particulier en votre honneur, car nous avons lu que c'était votre air préféré lorsque vous étiez à l'école. Si vous le permettez... »

Il donna le *la* et le groupe commença à chanter.

> « *Un flambeau, Jeannette, Isabelle,*
> *Un flambeau, courons au berceau.*
> *C'est Jésus, bonnes gens du hameau,*
> *Le Christ est né*[1]*... »*

Derrière elle, Sunday entendit un bruit. Jacques était resté recroquevillé dans un fauteuil en face du divan où ils étaient assis lorsque

1. En français dans le texte. (*N.d.T.*)

247

les chanteurs étaient apparus. Elle le vit se redresser, les yeux soudain grands ouverts. Ses lèvres remuaient, répétant les paroles du chant.

« Henry, fit-elle à voix basse, est-ce que tu vois ce que je vois ? »

Henry se retourna. « Que veux-tu dire ?

— Regarde ! »

Discrètement, Henry étudia l'enfant. « Il connaît cette chanson. » Il s'approcha et le prit dans ses bras.

« Voulez-vous recommencer, s'il vous plaît ? » demanda-t-il lorsque les chanteurs se furent arrêtés. Quand ils reprirent, Jacques serra les lèvres.

Après leur départ, Henry se tourna vers l'enfant et lui parla en français. « Comment t'appelles-tu ? Où habites-tu ? »

Mais Jacques se borna à fermer les yeux.

Henry lança un regard désolé à Sunday et haussa les épaules. « Je ne sais plus quoi faire. Il refuse de me répondre, pourtant je suis convaincu qu'il comprend ce que je lui dis. »

Sunday contempla Jacques pensivement. « Henry, tu as sans doute remarqué que notre petit ami a paru fasciné à la vue de l'avion qui nous a survolés cet après-midi.

— C'est toi qui me l'as fait remarquer.

— Il est arrivé la même chose la nuit dernière. Henry, suppose que cet enfant soit arrivé récemment d'un autre pays. Dans ce cas, il n'y aurait rien d'étonnant à ce que personne ne l'ait réclamé. Sims a rapporté un des avis qui donnent son signalement, n'est-ce pas ?

— En effet.

— Henry. Tu comptes toujours envoyer tes vœux de Noël sur Internet ?

— Mon message annuel. Oui. À minuit.

— Fais-moi plaisir. Cette année, inclus dans ton message le signalement et la photo de l'enfant, et demande tout spécialement aux Français et aux francophones de regarder attentivement la photo. À partir de maintenant, parle-moi en français. Je ne comprendrai sans doute pas grand-chose, mais peut-être parviendrons-nous ainsi à briser son silence. »

Il était six heures du matin à Paris quand Louis de Coyes, sa tasse de café à la main, entra dans son bureau et alluma son ordinateur. La perspective de passer seul la matinée de Noël ne le réjouissait pas. La maison paraissait vide, sans Jacques et Giselle, mais Louis était heureux du choix de sa fille. Richard Dalton était le genre d'homme que tout père aurait voulu avoir pour gendre.

Et ils se verraient souvent. Un jour, Jacques saurait se servir d'Internet. Il pourrait communiquer régulièrement avec son petit-fils. En attendant, il était minuit sur la côte Est des États-Unis et il voulait lire le message qu'Henry Parker Britland IV transmettait traditionnellement depuis le jour où il avait été élu président. Louis avait eu l'honneur de le rencontrer lors d'une réception à l'ambassade de France, et il avait pu apprécier son esprit de repartie et sa simplicité chaleureuse.

Cinq minutes plus tard, stupéfait, il regardait la photo de son petit-fils, que l'ex-président décrivait comme un enfant disparu.

Six minutes après la diffusion du message, Richard Dalton, qui cherchait une excuse pour expliquer que Giselle ne pouvait pas pour l'instant parler à son père au téléphone, s'écriait : « Ô mon Dieu, Louis ! Ô mon Dieu ! »

« Nous n'avons pas beaucoup dormi la nuit dernière », dit Henry dans la voiture qui les ramenait chez eux après qu'ils eurent assisté à la messe.

« Pas beaucoup, non. Henry, ce petit garçon va me manquer.

— À moi aussi. J'espère que nous en aurons un ou deux à nous, bientôt.

— Je l'espère. Mais la vie tient à si peu de chose. Je pense à cette alerte qu'a eue maman le mois dernier.

— Elle se remet très bien.

— Oui, pourtant nous aurions pu la perdre. Et ce petit Jacques. Si cette femme qui l'a enlevé n'avait pas eu cet accident près de la maison, Dieu seul sait ce qui serait arrivé. Elle aurait pu s'affoler et lui faire du mal. J'espère qu'ils vont bientôt l'arrêter. Nos existences ne tiennent qu'à un fil.

— Et pour certains, ce fil ne résistera pas

longtemps. Ne t'inquiète pas, la police n'aura aucun mal à trouver cette femme et son complice. Ni l'un ni l'autre ne semblent doués pour brouiller les pistes. »

Ils franchirent les grilles de Drumdoe et parcoururent la longue allée qui menait à la maison. Henry arrêta la voiture devant l'escalier. Sims les attendait visiblement, car la porte s'ouvrit au moment même où ils franchissaient la véranda.

« Le petit Jacques est au téléphone, monsieur. Sa mère m'a dit qu'il a joué toute la matinée avec son train. Il veut vous remercier pour tout ce que vous avez fait pour lui. » Sims avait l'air aux anges. « Il voudrait vous souhaiter un joyeux Noël. »

Tandis que Henry se hâtait vers le téléphone, Sunday fit un clin d'œil à leur maître d'hôtel. « Sims, votre accent en français est presque aussi épouvantable que le mien. »

REMERCIEMENTS

Enfant, je souffrais de fréquentes crises d'asthme. La seule consolation, après une nuit difficile, était de passer la matinée au lit avec une pile de livres et la radio.

J'écoutais régulièrement les feuilletons, ces sagas interminables qui me donnaient l'illusion de participer à des aventures fascinantes.

Mon favori était *My Gal Sunday*. Le scénario ressemblait plus ou moins à ceci : « Une jeune fille originaire d'une petite ville minière de l'Ouest peut-elle trouver le bonheur en devenant la femme de l'homme le plus riche, le plus séduisant de toute l'Angleterre, Lord Henry Brinthrop ? »

J'étais follement amoureuse de Lord Henry et pensais que Sunday et lui formaient un couple idéal. *Bien sûr,* elle pouvait être heureuse avec lui. Qui ne l'eût été à sa place ?

Voilà pourquoi, quand j'ai décidé de créer un nouveau couple de détectives, j'ai pensé à Lord Henry et à Sunday. « Et si Henry était un ex-président des États-Unis, intelligent, riche et séduisant, et Sunday une ravissante et perspicace jeune

Représentante au Congrès ? » Les histoires de *Joyeux Noël, merry Christmas* sont la réponse à cette question. J'espère qu'elles vous auront plu.

Elles n'auraient pas vu le jour sans les conseils, les encouragements et la sagesse de mon éditeur de toujours, Michael Korda, et de son associé, Chuck Adams. Une fois de plus, merci les amis — je vous aime. Mille remerciements aussi à Gypsy da Silva, dont la patience reste incomparable.

Richard McGann, de la société Vance Security, à Washington, ancien agent des services secrets, m'a longuement expliqué tous les modes de protection dont pouvaient bénéficier un ancien président et sa femme. L'inspecteur Kevin J. Valentine, de la police de Bernardsville, New Jersey, a aimablement répondu à mes questions concernant les enfants abandonnés. Merci à vous, Dick et Kevin.

Finalement, comme toujours, ma bénédiction et mes remerciements vont à ma famille et à mes amis, qui savent me réconforter lorsque s'approche la date de la remise du manuscrit, et comprennent que plus rien n'existe autour de moi une fois que je suis plongée dans mon histoire. Vous êtes tous merveilleux !

Table

Un crime passionnel 7
On a enlevé la femme du Président 67
Ohé du Columbia ! 161
Joyeux Noël, merry Christmas 213

Du même auteur
aux Éditions Albin Michel :

LA NUIT DU RENARD
(Grand prix de littérature policière 1980.)
LA CLINIQUE DU DOCTEUR H.
UN CRI DANS LA NUIT
LA MAISON DU GUET
LE DÉMON DU PASSÉ
NE PLEURE PAS, MA BELLE
DORS MA JOLIE
LE FANTÔME DE LADY MARGARET
RECHERCHE JEUNE FEMME AIMANT DANSER
NOUS N'IRONS PLUS AU BOIS
UN JOUR TU VERRAS...
SOUVIENS-TOI
DOUCE NUIT
LA MAISON DU CLAIR DE LUNE
NI VUE, NI CONNUE

Composition réalisée par S.C.C.M. (groupe Berger-Levrault), Paris XIVᵉ

IMPRIMÉ EN FRANCE PAR BRODARD ET TAUPIN
Usine de La Flèche (Sarthe).
LIBRAIRIE GÉNÉRALE FRANÇAISE - 43, quai de Grenelle - 75015 Paris.
ISBN : 2 - 253 - 17053 - 4   ◈ 31/7053/7